醤《しょう》油《ゆ》と薔《バ》薇《ラ》の日々

小倉千加子

いそっぷ社

醤油と薔薇の日々　目次

I

II

装幀　長坂勇司

I

醤油と薔薇の日々——たのしくニョーボする時代

きれいな色のセーターに、長めのフレアースカート、髪はボブっぽいショート——CMの中で若妻の安田成美が帰宅した夫に尋ねる。

「薔薇《バラ》っていう字、書ける？」

すべては、キッコーマン丸大豆醤油《しょうゆ》のCMから始まった。すかさず、三菱電機の「たのしくニョーボする」シリーズCMが追随した。

「薔薇っていう字、書ける？」については、放映当初から、「あのCM、嫌い！」という声が、ちらほら聞かれた。だが、その嫌悪感について、活字で激しく述べられたものを私が目にした最初のものは、姫野カオルコさんのそれである。『ダ・カーポ』271号で、姫野さんはこう書いている。

「はじめて、安田成美が丸大豆醤油とかいうのを買ってきて家庭料理の並ぶテーブルの前で上目づかいに『なんか（顔に）ついてる？』と無垢《むく》な（無垢を装った）表情で尋ね『へんなの……』とクスッとはにかむCMを見たとき、私は全身に鳥肌がたち胃液が逆流してくるのを感じた」

姫野さんは、自身の感情をかくも逆撫《さかな》でしたものの正体をこう書いている。

「『なんかついてる？』と尋ねる顔がすでに『よく知っている』顔なのである。家庭料理を差し出された男が『あ、かわいい。抱きしめたい』と思ったことを知りぬいた、知りぬききった顔なのである」

丸大豆醤油の「薔薇っていう字、書ける？」バージョンに対しても、姫野さんは、「『薔薇っていう字が書けることとぐらいを自慢しちゃったりするお茶目さ』を知りぬいている。知りぬきながら、これまた本人は無自覚である」と非難している。

別の表現では「天性の媚《こび》に対する嫌悪感、いや媚びないでいようと一分たりとも発想しないあつかましさに対する嫌悪感」とも言っている。

姫野さんは、安田成美に感じた嫌悪感の原因を、彼女の持つ天性の媚だと言っている。もっとも、姫野さんは、それはCMの中のヒロインに対してであって、人間・安田成美に対してのことではない、とわざわざ付記している。しかし、天性のというような表現は、架空のヒロインに対してというより、やはり特定の人間・安田成美に向けられている、ととる方が自然であろう。

いみじくも、安田成美は、眉の美しさで美貌を特徴づけている女優であり、媚の新しい形態を表現するのにうってつけのタレントなのである。

さて、姫野さんの怒りだが、その正体を一人の女の、男に対する自覚的な媚と無自覚なふりと受け止めるのは、私に言わせれば少し苦しい。なぜなら、女が男に媚びていて、しかもその動機において無垢を装うＣＭなどというものは、星の数ほど存在するからである。その中から、とりたててこのＣＭが姫野さんを逆上させた原因は、従って他に求めなければならない。

それは何か？　それは――このＣＭが、恋人同士の男女ではなく夫婦関係にある男女間の、つまり妻の夫に対する媚を描いたことにある。

これまで、媚は女の武器と言われてきた。結婚という目的に向けて、女は女同士で競争させられてきたからである。

未婚の女が未婚の男に上手に媚びるのを見る時、媚を向けられた当の男には女の側の動機が――要するにそれが媚であるという事実それ自体が――見えないことはあっても、その場に居あわせた他の女たちにはお見通しであることが多い。

CMの中で、未婚の女が未婚の男に媚を示す時、テレビを見ている大勢の女たちには、媚びている女の動機が既にわかっている。その女は、ある明白な目的を達成するために、今、武器を使っているのだ、と。雇用機会均等法以後の、所詮みんな一般職のやけくそ時代にあっては、媚でも何でも使える武器は全部使って経済的安定を手に入れるしかないじゃないか、と。応援とはいかないまでも、平然として女たちは媚びる女を眺めている。

女が経済と割り切っている結婚に、まだロマンチックな幻想を被せて見ているのは男だけなのだ。要するに、女たちは他の女が媚びる程度のことに、いまさら動じない。

安田成美が、姫野さんの逆鱗《げきりん》に触れたのは、女たちが居直っている「媚びるしか武器がないなら、女は媚びてでも何でも男を利用するしかない時代」という認識をおちょくられたと感じたからだと思う。それは、媚びることで手に入れた結婚生活の中にあって、安田成美が「結婚してもまだ媚びようとしている妻」を見せたからだ。

結婚してもなお、夫への媚というサービスが控えているなんてうんざりする。それは、喜んで家事をやるというサービスに加えて、性愛の領域において受身でありつつその気にさせてあげるという、さらに面倒臭いサービスなのである。この後者の念のいったサービスとは、夫と対等っぽいポーズをとりながら全面的に夫に依存し、甘え、ゲーム性を演出するサービスである。

安田成美のＣＭに共通して隠されているメッセージは二つある、と私は考える。

一つは男女の力学を逆転させた所に生じる女の新しいコケットリーの発見であり、二つ目は、そのような遊戯的言語空間を女に許す、夫婦生活の安定性と恒常性の見直しである。

「もう食べないの？　男だろー?!」と男を叱りつけ、シューマイをほおばる女、「炊飯器と結婚すれば？」とすねて、お茶碗を夫に差し出す女房、風邪で寝込んでいる間に、溜《た》まった汚れ物を全部夫に洗濯してもらう妻、夫が帰宅する直前に帰ってきて、ストーブを点火してホッとする妻。そして、何より最もメッセージ量の多い「薔薇っていう字、書ける？」バージョンを、再び思い出してみるとしよう。

亭主が帰宅すると、女房は料理をしている。振り向きざま、「ねえ、薔薇っていう字、書ける？　私、書けるんだよ」と指で宙に漢字を書く。続けて曰《いわ》く「醤油っていう字、書ける？」口をとがらせて自慢する女房。

子どものいない専業主婦なら、このCMのコンセプトはただ一つ「暇な一日」、と言うだろう。

だが、亭主にとっては違う。結婚して仕事を辞め、一日中家にいる妻が、急にブクブクと太りだしたり、一日の無為を愚痴ったり、孤独を訴えたりせず、家事をやりながら漢字を覚える幸福を満喫している――妻を子どものように振る舞わせることによって夫婦の性愛は鮮度を維持できる。

いつまでも幼くお洒落《しゃれ》で初々しい女を、結婚という制度によって半永久的に所有する感覚。拗《す》ねる妻、怒る妻、ふくれる妻、笑う妻、お茶目な妻、感情の百面相を持つ妻は夫の生命の源泉となる。経済と感情の見事な社会交換が、そこにある。この社会的陰謀が新たなファッションを作り出しつつある。

さて、「薔薇」の「薔」の字は十六画で、「醬油」の「醬」の字は十八画。国語辞典で調べて覚えられる限界の画数である。これより画数が多くなると、「氷嚢《ひょうのう》」の「嚢」とか、「穿鑿《せんさく》」の「鑿」とか、いささかマニアックになってきて、夫にとっては妻のしていることが不気味になってくる。やはり、字は「薔薇」と「醬油」でなくてはならない。

そして、「薔薇」と「醬油」は、いみじくも対立する二つの価値観を象徴しているのである。「薔薇」がロマンティシズムなら、「醬油」はリアリズムだ。「薔薇」がハレなら「醬油」はケである。

新婚生活には、この相反する二つのものが同居しているグロテスクさがある。安田成美は新妻であるが故に「薔薇」であると同時に「醬油」でもあるのだ。

七〇年代のウーマン・リブは「私は醬油に縛りつけられているのなんかイヤだ」と言った。

八〇年代のフェミニズムは、「なぜ、女たちは醬油に縛りつけられてきたか?」を問い、「女たちも薔薇にありつく方法はあり得るか?」を模索した。同時に「女は薔薇になぞらえられてきたが、それも一つの罠《わな》である」と警告した。

エコロジストは「薔薇を作るより、醬油を作る方が偉大だ」と主張し、「手作り醬油に帰れ」と気を吐いた。

しかし、九〇年代になって、安田成美はこう言ったのだ。

「醬油って薔薇なんだぞ!」

三菱電機の「たのしくニョーボする」シリーズは、家庭電化製品(つまり醬油的世界の道具)の新しい使用法を教えることで、そこに生まれる新しい世界観を教えている。

薔薇のように醤油しましょ——つまり、日常生活の薔薇化である。
安田成美のファッション——きれいな色のセーターに、長めのフレアースカート、髪はボブっぽいショート（ここがミソである。鋭角的なショートでは絶対ダメなのである）。
夫が会社から帰ると、そこには一個の花園がある。
結婚生活の薔薇化が進行している。

奇妙な服装をした女たち——ヴァージニア・ウルフの鏡コンプレックス

大阪市出身のA子は、幼稚園の年長の時受けた知能テストでIQが141以上あると言われた。母親は、A子が小学生の間、「あんたはやればできるんだから」と娘を叱咤《しった》激励し続け、中学に進学する段になって、A子に、兵庫県にある名門私立女子中学の一つを受けるよう指示した。

その中学にA子の小学校から、彼女ともう一人だけが合格し、A子は私鉄を二回乗り換えて通うことになった。だが、その中学の駅は、「痴漢電車」として関西でも有名な支線にあった。中学一年のA子はさっそく、電車の中で痴漢に遇《あ》い、以後三年間頻繁にその被害は繰り返されることになる。不思議なことに、同級生の中には、同じ電車に乗りながら一度も痴漢に狙われない女の子たちがいた。

「あの学校に行ったことが私の人生を決めた」と、大人になったA子は言う。大阪の下町の公立小学校から、「選ばれた者」として山の手の私学に通ったことを表の決定因だとすれば、初経を迎える前から男性たちの欲望にとって「選ばれた者」になったことが、裏の――親にも知らせていない――決定因である。

中学、高校、大学と一貫して優等生であり続けたA子は、卒業すると知的エリートと呼ばれる職業の一つに就いた。だが、A子にとって裏の決定因が、その後の人生をどう変えたかについては、その変化があまりに深いところで起こっていて、本人にも整理することが難しい。

A子は、洋服を自分で買うことができない。小学校の頃からA子の服は、すべて母親の手作りだった。それは、「ピアノの発表会」のような服で、母親がA子に何を期待しているかは、一目瞭然なのであった。思春期を過ぎてからも、彼女は母親の見立てた服を着て、母親が作った豪華なお弁当を持って学校に通っていた。就職してからも、事情は変わらなかった。

さて、A子にとって、思春期にいやというほど痴漢に遇ったことの明らかな後遺症の一つは、鏡コンプレックスである。

ある日、緊急にパーティー用の洋服が必要となって、会社の近くのデパートに走ったA子は、店員に勧められた服を試着して鏡の前に立った。A子の額に脂汗がにじんでいるのを見た店員は、「ご気分でもお悪いんですか?」と声をかけたが、A子は別に体調が悪かったわけではない。母親に連れられて仮縫いに行っても、A子は鏡の前に立つといつも金縛りにあったように立ちすくんでしまうのだった。

自宅の洗面台で顔を鏡に映す時は、そんな風にはならない。新しい服を着せられた時と、美容院に行って、美容師にどんなヘアスタイルにするのかと聞かれて、一緒に鏡の中の自分を見つめる時には決まってそうなるのだ。鏡の向こうに、A子は自分を眺める多くの男たちの眼差《まなざ》しを見てしまうのである。

はっきり言ってA子は、洋服のセンスがひどく悪い。自分でもそのことをよく承知している。自分ですすんで洋服を買いに行くことを恐れる者が、洋服のセンスを磨くことができなかったのは致しかたないことかもしれない。

友人から、「A子は美人なんだから、もっとお洒落すればいいのに」と言われて、付き添われて服を買いに行ったこともある。よく似合うと友人たちにはとても好評だったが、A子は最初の一回しかその服を着ない。ヘアスタイルも同じだ。美容師の強引な勧めで、パーマをかけておでこを見せるちょっと大胆なスタイルに変えたが、三日もすれば額を隠して、もとの無難なおばさんヘアに戻してしまう。

「中学の時の体験がねえ、心のどっか深いところに棘《とげ》のように刺さっていて、私は女として自分を誇示することが恐いんです。女としてのエロスを放射していると、男の人が私の望まない形で食指をのばしてくると思ってしまうんですよ。入社当初は制服のつもりでスカートもはいてましたが、同僚の男の人たちから人間ではなく女として見られていると思うだけで鬱々《うつうつ》としてくるんです」

と、A子はぼそぼそと訴えたことがある。

性的嫌がらせと、鏡コンプレックス、そしてお洒落に対する劣等感——この三つが結びついた女性を、他にもあげることができる。それは、ヴァージニア・ウルフである。

ウルフという人は、街を歩くと、その装いがあまりにも変だったので、いつも街行く人々の笑いを誘い、人は皆まじまじと彼女を見つめたという。

ただ、ウルフとA子には相違点があって、A子は装いを「無難」にすることによって人に笑われることを回避していたが、ウルフは「無難」に装うことにも失敗していたということである。

人々が彼女に視線を奪われたのは、必ずしもその装い方のみに負うわけではない。彼女が「少し足を引きずるように歩き」「何か他のことを考えているかのように」「夢想に耽《ふけ》って歩く様子には、何か奇妙で心を乱すものがあった」と、夫のレナード・ウルフが記している。ウルフの場合は、地上を歩きながら心がそこにあらずという有り様が、道行く人にさえ手にとるようにわかったのである。装い方の普通でなさより、彼女の「地上での虚《うつ》ろさ」の方が、むしろ大きかったとも思われるのだ。

だが、ウルフは、A子のように、新しい服を着て人の集まる部屋に入っていくことを何より苦手としていた。写真で見る限りにおいては、ウルフの装い方の異常さは感じとることはできないが、具体的な装いについての証言を、ウルフの恋人であったヴィタ・サックヴィル＝ウェストが夫のハロルドに宛てた手紙の中に見つけ出せる。

「(ミセス・ウルフは) おそろしく悪趣味な服を着ています。――中略――でも昨夜はいくぶんましな格好でした。つまり、だいだい色のウールのタイツが黄色い絹の靴下になっていたということよ。でも、まだあのひどいパンプスをはいていたわ」(『ある結婚の肖像――ヴィタ・サックヴィル＝ウェストの告白』ナイジェル・ニコルソン著)

『ヴァージニア・ウルフ研究』の中で、神谷美恵子氏は、ウルフの衣服に関する逸脱の原因として、彼女が六歳から二十一歳まで異父兄によっていたずらされていたことが関係があるのではないか、と書いている。

ウルフは幼い頃、異父兄ジェラルドに食堂の外側に張り出した棚に乗せられ、身体全体をいじくりまわされていた。もう一人の異父兄ジョージからは、疲れて眠っているベッドの中で抱きすくめられたり、それ以上のことをされていた。またジョージは、ウルフとその姉ヴァネッサが常に一点の非の打ちどころのない服装をするように口うるさく監視していた。が、ヴァネッサと違ってウルフはへまばかりやって、異父兄を怒らせていた。ウルフは、美に対する感受性が人並み以上に優れていることを自負していたが、ひとたび美が自分の身体と結びつくと、恍惚《こうこつ》感や歓喜の念どころか、それは恥や罪の感情となって現れるのであった。

神谷氏は、ウルフが六歳頃からまわりに人がいない時にそっと鏡の中の自分の顔を眺める癖を持っていて、そんな時にはいつも強い恥と罪の念が起こった、とウルフが書いていることに対し、この「鏡の恥」がいわゆる「自己の肉体と融和できない人間」の一例として捉えられるかもしれない、と考えている。

『才女考』という本を著した心理学者バーバラ・カーは、ガートルード・スタインとマーガレット・ミードも、学生時代、奇妙な服装をしていたと書いている。

才能のある女性の中には、自分の肉体をこの世の中で受け入れられる形で装うことに困難が伴う人も多いのである。スタインやミードに、ウルフのような「鏡の恥」体験があったかどうかの証拠はない。しかし、地上での付き合いや女の装いという規範に神経を行き届かせることができないほど学問や文学に集中し、ために「地上での虚ろさ」の様相を呈したことは、十分に考えられる。

女として地上に生を享《う》けた以上、自己の肉体と融和できるようになることは、〈女〉になるために果たさなければならない最低で最大の目標であろう。〈正しい〉服装を身につけることは、女として制度にきちんと適応したことを意味するのだ。ガートルード・スタインやマーガレット・ミードのようなタイプの天才は、〈女〉であると自分を定義していなかったがために、そのような目標に自分を駆り立てる必要を感じなかったのかもしれない。

ウルフは、一九三三年八月十二日の日記でこう書いている。

「二つの世界、即ち小説と人生の二つに生きようとする努力がストレスになるのだと思う。――中略――他人に対して用心深さと決断とで振舞わねばならないことが、私を別の領域へ無理矢理追い込んでしまう。こうして衰弱が生じる」

他人への気遣いと役割の遵守が女人生だとすれば、ガートルード・スタインとマーガレット・ミードにはそのような意味での人生はなかった。ウルフが、小説の他にいやいやながら適応しなければならない人生を持っていたのは、彼女がスタインやミード以上に〈女〉であったからである。そして、その〈女〉性の呪縛は、異父兄によるいたずらに端を発していると考えられる。自分の肉体にかかわる恨みや嫌悪が、人生に対する消えることのない不信感を生み出すことは十分あり得ることである。

子どもを、ファッション・センスのある子に育てようと思えば、方法は一つしかない。それは、幼稚園の頃から自分の着る服を自分で選ばせることだ。それがどんなにみっともない格好であっても、母親は口出しをしてはならない。学習とは、なんであれ、そのようにして行なわれるものであるからだ。A子は、中学時代の痴漢体験を克服するには、自分の肉体を自分で装うという自決権を持たなさすぎたのである。娘にとって最も身近な大人の女性である母は、ファッションにもはかりしれない影響を持っているようだ。

ウルフが十三歳で母を亡くしたというのは、重要な鍵である。異父兄の服装への監視と肉体への侵入を防いでやり、装うことのプラスの意味を教えてやれる母が、ウルフには存在しなかったからである。

シックという名の不誠実——欲望としての大阪ファッション

大阪の長寿番組に『ノックは無用』というのがあった。横山ノックと上岡龍太郎が司会するトーク番組なのだが、番組の最後に変身コーナーというのがある。これは、スタジオに来ている女性客（だいたいが主婦で、たまに家事手伝いの人がいる）の中から、「赤巻き紙、青巻き紙、黄巻き紙」などという早口言葉を一番上手に言えた人を選び、変身させるというコーナーである。

ドレスはもとより、下着、靴、アクセサリーやハンドバッグ、ヘアピース、ヘアメイクに至るまで、それぞれ主に関西のメーカーがスポンサーになっていて、プロのスタイリスト（時にはデザイナーという肩書の人もいる）やヘアメイク・アーティストの手によって、生まれ変われるという企画である。

が、司会者の「へんし〜ん!」という声と同時に巻き上げられたカーテンの奥から出てきた女性客が、変身前よりお洒落になっていたためしはめったにない。雛壇《ひなだん》に並んだ他の客たちは、哄笑《こうしょう》しながら拍手をする。

横山ノックと上岡龍太郎は、「えらい変わりようですね」とは言うが、誰も本気で彼女がお洒落になったと思っているわけではない。トークコーナーのゲストたち(特に東京のタレントなど)の当惑している様が手にとるようにわかる。変身した当人たちだって、別に晴れがましい顔をしているわけではないのだ。

この変なコーナーがそれでもこの番組から姿を消さないのは、何といっても視聴者の恐いもの見たさの欲望と出場者の物欲にある。

大阪人のファッション・センスをバカにする人は、この番組を見れば、鬼の首を取ったような気がするだろう。しかし、別にこのコーナーのファッションが大阪人のセンスを象徴しているわけではない。大阪人の欲望は、ファッションそのものに向けられる美的欲求を超えている。

それでも、大体にして、大阪ファッションというものは評判が悪い。マガジンハウス系の雑誌では、おすぎとピーコが「大阪ファッションって大嫌い!」と叫ぶ。

ピチピチのボディコン、派手な原色の組み合わせ、光りものや爬虫《はちゅう》類のハイヒール、ロングヘアの前髪のピーンと立った鶏冠《とさか》、濃いメイク、グロスで光った真っ赤な口紅――おすぎとピーコが眉を顰《ひそ》める大阪ファッションのステレオタイプは、このようなものだ。「大阪の人にはファッション・センスがわかってないんじゃない？」と、彼らは切り捨てる。

彼らの怒りに八割がた共感しながら、それでも私は「ちょっと待って」と言いたい。その捉え方は、あまりに表面的すぎやしないか。センス（感覚）あるところ、必ずセンス（意味）があるのだ。

東京ファッションとは、派手で濃くて下品な大阪ファッションと違って、シックでナチュラルで上品ということなのだ。とりわけ、〝シック〟というやつは、東京人のセンスの拠り所となっている。

〝シック〟を『服飾辞典』で引くと、「主に婦人の衣服や装いについて総体的にほめ言葉として用いられる」とある。そしてその中身は、「無意味な贅沢《ぜいたく》さや安っぽい感じを与えないいきとどいた神経の中に理知的な鋭さも感じられるもの」と説明してある。要するに〝シック〟とは、贅沢さを隠しながら仄《ほの》めかせる知的技術ということになる。

東京人が恐れているのは、〃安っぽさ〃と〃贅沢さをストレートに表現してしまう無知〃なのだ。言いかえれば、彼らを最も脅かしているものは、貧乏人と見られることと教養がないと見られることだといえよう。

そういう恐怖を隠し持った人の目から見ると、大阪ファッションは、無意味な贅沢さと安っぽさの集成である。

大阪の子が、「この蛇革のブーツ十五万もしてん」と自慢しているのを聞くのは、東京の人には耐えられないであろう。厚化粧や、ヌメヌメした真っ赤な唇は、成り金のオジサンが入れ歯を全部金にして呵《か》呵《か》大笑《たいしょう》しているのと同等に映るのだろう。彼らは、贅沢さを見せつけることによって、安っぽさを露わにしている、と。

だから、東京人から見ると、大阪の女の子には知性がない。が、これは考えてみれば不思議なことだ。大阪の女の子が揃《そろ》いも揃ってバカだということがあり得るだろうか。答えは簡単である。

彼女たちは、わかっていながらやっている。

〃シック〃の概念が、贅沢さを隠しつつ仄めかすという、遠回しの富と知性の暗示であるなら、人間の本性など東京でも大阪でも同じで、ただ東京的表現というのは二重に屈折している分だけ不誠実ではないのか。

それに大阪では、たとえ間接的にであれ、自分の知性を仄めかすというのはこの上もなく恥ずかしいことなのである。自分が頭が良いと思っている人のことを、大阪では「米の飯がてっぺんに上がっているやつ」と言う。賢く見せて嫌われるよりアホに見せて笑いをとれ、これが大阪の伝統的な処世術である。

となると、方法の上でも目的の上でも、大阪人は〃シック〃を受け入れられないということになる。わかっているけど〃シック〃なんかできないということの感性を、シャイという。どうせやるんなら、はっきりしよう。同じ安っぽいんなら目立つ方がいい。大阪の女の子は正直なのだ。

ジル・リボヴェッキーは、〃シック〃を民主主義の装いと言った。富と地位を顕示せず、人間はみな平等という理念を服にするとシックになる。大阪の女の子は、「人間はみな平等であるかのようにふるまわなければならない」と言われたら、「アホかいな」と言うだろう。「もともと貧乏な人間が貧乏人のような服を着て、何の得があるのん?」と言うだろう。

彼女たちは、「私たちはお金持ちじゃないけれど、お金持ちになりたい」と、ファッシヨンの上で直截《ちょくせつ》に表現するのである。

東京の人は、理知的に見えることになぜそんなにとらわれるのだろう。金持ちが金持ちらしくなく見えることに、なぜ凝《こ》るのだろう。大阪では説明不要なことが、東京では蘊蓄《うんちく》をもって語られる。

たとえば、うどんと蕎麦《そば》だ。東京の人は、なぜ、たかが蕎麦ごときに打ち方がどうの、腰がどうの、食べ方がどうの、といちいちこだわるのか。そもそもそばをなんで漢字で書くのか。大阪では、うどんはうまいとまずいのふた言で足りる。まずいうどん屋は、半年で消える。それだけだ。

食であれ衣であれ、説明を必要とするものは、すでに衰弱の域に入った芸術である。勃《ぼっ》興《こう》しつつあるものは、説明を要しない。

かつて武智鉄二は、民衆（無名の彫り職人たち）のバイタリティが作り出した日光東照宮が、色彩の豊富さや彫刻群の造型的な創造性を宿しながら、近代の文化史家たちによって機能的でないという理由で不当に貶《おとし》められてきたことを指摘した。それに対して表現上はむしろ創造性の水準の低い、ただ貴族的な教養主義が支配している桂離宮の方が、その機能性ゆえに過大に評価されるようになった歴史的過誤を怒っている。

武智鉄二はまた、日光の爆発的な創造エネルギーを縄文土器に、桂離宮の機能的で様式的なパターンを弥生土器の系列に、それぞれなぞらえているが、文化というものは直前に先行した文化を「悪趣味」として排斥する性質を持つ。

大阪ファッションは、かくして東京ファッションから悪趣味と呼ばれ、排斥される運命にあるわけである。

大阪ファッションの中にある民衆のエネルギーの直截的な誇示という性質は、政治的には常に抑圧される傾向をたどる。この場合、政治とはファッションについての「高尚」な言説を指す。

平成二十三年の人口動態調査によれば、大阪市は、東京都区部より婚姻率が低いのに(六・七対七・三)、出生率は高く(八・六対八・一)、そのうえ離婚率も高い(二・五四対一・九七)。おまけに不慮の事故による死亡率も高い(三十四・一対二十三・一)。

大阪ファッションは、大阪人の特異性から生み出されてきた。生と性と死の欲望が溢《あふ》れ、すべてにおいて過剰な街大阪は迂遠《うえん》なロジックによるファッションを受けつけない。

カリスマ店長の秘訣

――彼女が編み物をする理由

ミホちゃんの一日は、お風呂から始まる。お風呂から出ると、たっぷり三十分かけて、煙草を吸いながら髪をセットして、化粧をする。出勤する時のミホちゃんと会うと、たいていの人はぎょっとする。朝からなんでそんな厚化粧を、という驚きだ。

「ほっといてよ。起きた時はしんどくて仕事に行く気にならへんけど、お化粧していくうちにだんだん気合が入ってくんねんから。ま、厚化粧は私の鎧《よろい》やね。それに夜になったら自然に剝《は》げて、ちょうどいい加減になんねんから」

前の日に『織研新聞』が届いている場合は、朝、それを地下鉄の中で読むが、それ以外の朝は、ミホちゃんは車内で必ず編み物をする。今は、グレーのモールで大判のストールを編んでいる。

「編み物なら、任してよ。天才やねんから」

一段九十三目を二段編むと、職場のある駅に着く。

ミホちゃんは、デパートにある高級プレタポルテショップの店長をしている。店員は四人、五十平方メートルの小さなショップだ。

早番の時は九時半から六時まで、遅番の時は十一時から七時までが、勤務時間である。仕事が終わると、同じデパートの別のショップの店長と食事に行くか、すぐに帰って、自宅近くのローソンで簡単な買物をして一人で食事をとる。その間、ビデオに撮った吉本新喜劇かクイズ番組かドラマを見る。晩酌《ばんしゃく》は、缶ビール一本と日本酒をコップに一、二杯。

食後、顧客の誕生日カードを、忘れずに書く。それとは別にダイレクト・メールも書く。お母さんとお姉さん、それに短大時代の親友の一人からは、しょっちゅう電話がかかってくる。電話を切ってから、少し編み物を始めると、すぐ十二時近くになってしまう。炬燵《こたつ》でうたた寝をしている自分に気がつくのが、一時か二時。大急ぎで、ベッドに入る。

これがミホちゃんの一日だ。

昨日、ミホちゃんの会社の社長が店を訪れて、ミホちゃんを激励してくれた。その後、デパートの店長が、「社長さんから君のことを聞いて、一目会いたかった」とやってきた。

ミホちゃんは接客中で店長と話すことはできなかった。

社長と店長がミホちゃんを下にも置かない扱いをするのは、不況の直撃を受けて会社もデパートも売上げを落としている時に、ミホちゃんの店だけが売上予算を確実にクリアしているからだ。

店の売上予算は月一千五百万円である。それをミホちゃんは、毎月軽く達成する。店の売上げのうち、九割をミホちゃんが、残りの一割を三人の店員が作る。

ミホちゃんがこの世界に入ったきっかけは、偶然といってよいものだ。もともとは短大を出て経理事務をやっていたが、面白くなくて辞表を出し、ほんのバイトのつもりで、あるメーカーの派遣店員としてデパートのコート売場に立ったのである。

「最初から、接客するお客さん、接客するお客さんが、みんな買ってくれてん。でも、別にそんなん当たり前やと思ってたけど、すぐに上の人からバイトじゃなくて正社員になってくれって言われてん」

正社員になってから、あるお客さんに、ミホちゃんは一回で七枚のコートを売った。あっという間に店長に抜擢《ばってき》された。

ところが、そのコート・メーカーは、倒産してしまった。すると、いくつものメーカーからミホちゃんに引き抜きの話が来た。コートではなく、高級プレタの世界でも自分の接客が通用するかを確かめたくて、ミホちゃんは今の会社を選んだ。

新しい店の店長は、「コートを売るような売り方は、うちのような高級プレタには似合わないわよ」と意地悪を言ったが、ミホちゃんはコートを売るのも高級プレタを売るのも、本質的にはまったく同じだということをすぐに発見した。

一年たってミホちゃんは、店長になった。

売上げの前年対比は毎月二倍を越え、売上高はそのブランドの全ショップの中で二位に急上昇した。不動の一位は、横浜にあるデパートに入っているショップである。

「あそこは、売場面積がうちの二倍で、店員は三倍いるねん。でも、前年対比の売上高の伸び率では、うちの店が断トツやねんよ」

ミホちゃんは、この頃、重症の胃潰瘍《いかいよう》になった。注射を打ちながら、休みの日を返上して出勤し、顧客の誕生日には花束を贈ることを始めた。ダイレクト・メールには、なるだけ長い文章を添え、出張で海外に行くと自費でお客さんにお土産を買って来た。

そしてついに、横浜のその店を、売上高でも追い抜いたのである。体重は六キロ減り、お母さんは心配して、月下美人の鉢植えと手作りのお惣菜を両手にいっぱい下げて、上阪した。

「しばらく休職して田舎に帰ってきたら」と言うお母さんの助言に耳を傾けるには、ミホちゃんはあまりに昂揚《こうよう》していた。頬《ほお》のこけたミホちゃんは、凄惨な美しさをたたえ、目は熱を帯びてギラギラと光っていた。そんな時にも、ミホちゃんは編み物をやめなかった。

高級プレタの顧客は、当然そのほとんどが有閑階級の夫人である。

「一番多いのが社長の奥さん、二番目がお医者さんか弁護士さんの奥さん、三番目が女医さんと弁護士さん」

お客が店に入ってきただけで、ミホちゃんはそのお客が商品を買ってくれる客か否かが即座にわかる。

買ってくれるお客は、店に入ってきた時点で「自分は今日、洋服のためにお金を遣《つか》う」ということは決めているのである。だが、どの服を買うか、そのためにどれだけの金額を支払うかまでは決めていない。このいわばおおまかな「決断」と細かいレベルでの「不決断」の橋渡しをしてあげるのが、ミホちゃんの仕事である。

この橋渡しの仕事が一番楽なのは、女医さんや女の弁護士さんのお客だ。彼女たちは、自分が気に入った服を上手にすすめてもらいさえすれば、どんなに高くても買ってくれるからだ。これが社長の奥さんや医者の奥さんになると、事情は複雑になってくる。

ミホちゃんは、まず今日その客が夫の公認を得て服を買いに来ているのかどうかを見極めなければならない。公認の場合は、お客は基本的に夫の地位や財産を誇示するための消費を行なう。少々値が張っても、いや値が張れば張るほど、夫が喜ぶということを、お客もミホちゃんも知っているから、後は、高額な商品の中で夫の好みそうなものを、女同士で協力して選ぶということになる。

その場合、言ってみれば、お客は、その夫の動産なのである。動産は本質的にはモノだから、お客自身の好みを持ってはいけないのだ。ミホちゃんは、そのお客＝モノに、「でも、よくお似合いですよ」と声をかけた後で、お客の緊張をほぐすような冗談を言い、さらに「お直しはサービスさせていただきますから」と言うのを忘れない。ミホちゃんの仕事は、状況を「人間的」にすることなのだ。

妻が動産であることがもっとはっきりするのは、買物に夫がついてきた場合である。妻が服を試着している間、ミホちゃんは夫をつかまえて、笑いのサービスをする。夫はたいてい、ついてきたくないのについてきたというポーズをとる。なのに、試着室から出てきた妻に向かって、夫が、「さっき着た服の方がいいのと違うか。そんなん、前にも持ってたやないか」と言うと、妻は一〇〇%買うのをやめる。

ミホちゃんには、妻が買いたがっているものと夫が買わせたがっているものとのイメージが、二つながら把握できる。すべての決断は、夫にかかっている。夫は妻には無愛想だが、ミホちゃんの前では見栄を張る。ミホちゃんは、妻の立場に立って、「この服だとどこに着て行っても恥ずかしくありませんよ」と、夫を説得する。結局、夫は「それなら、これももらっとけ」と二着とも買ってくれる。夫同伴の場合は、かくして売上げは倍になるのである。

夫公認でない場合——支払いは必ず現金でなされる——、客単価としては、ガクンと下がる。

「夫同伴なら百万。奥さんが自分のお金で買いはる場合は、十二万」とミホちゃんは明言する。

十二万円でお客は、ブラウスとパンツのような単品の組み合わせを買う。スーツは、まず買わない。その客が以前にどんな商品を購入してくれたか、ミホちゃんの頭には全部記憶されているから、この時は実用本位に、「決めてあげる」。

女性が一人で買いにくる場合、夫公認であろうとなかろうと、ミホちゃんにはある大切な仕事がある。

プロであるミホちゃんが、「このお客さんはこの商品を買う」と判断した時間と、客自身が購入を決定する時間との間には必ずズレが生じるのだ。ミホちゃんはその時間差を〈待機〉しなければならない。

それは、お客が店に入ってきてから購入を決めるまでの時間のうち最後の二五%であると、ミホちゃんは言う。接客時間の四分の一を、ミホちゃんは、お客の気持ちの中で決断が熟するのを待つことで空費しなければならない。

だが、そんな時間はミホちゃん自身にとっては、決して空費ではない。待つことで何かが達成されるということだってあるのだ。

ミホちゃんが毛糸を編むのは、一種の鍛錬なのだ。編み物をすることで、基本的な生理的苛立《いらだ》ちを抑えて、自らを〈待機する人〉に作り直しているのだ。

美人の条件——ニューハーフのエロス

ミホちゃんが、喫茶店で休憩をしていた時のことである。コーヒーを飲んで、煙草を吹かせていたら、後ろの席から囁《ささや》き声が聞こえてきた。

「なあ、あの人、オカマやんなあ」

「オカマかなあ。女の人ちがう?」

「いや、あれはオカマやでえ」

「そうかなあ」

「どっちやろなあ」

話の最初から、ミホちゃんは、彼女たちの言うあの人が自分を指していることがわかっていた。なぜなら、ミホちゃんはしょっちゅうオカマに間違えられるからだ。ここは、ちゃんと女であることをわからせておかなければ、とミホちゃんは、ゴホンと咳払《せきばら》いをして、ウエイトレスに声をかけた。

「あの、お水下さい」

そのとたん、後ろの人たちは嬉しそうに言ったのである。

「な、やっぱりオカマやろ」

もう一人、帝塚山に住むヨッちゃんは、あるパーティーに行くために、めったに着ない着物を着ることになった。

おしゃれして来て下さいと案内されたパーティーだったので、普通の着物を普通に着たのでは面白くないという知人のスタイリストのアドバイスを受け、大正ロマン風の着物をゆったりと着て、細めの帯を腰で結び、元禄時代の女性のように装った。お化粧とヘアスタイルも、プロの手に任せたので、彼女の様子は普段よりさらにゴージャスなものとなっていた。着付けと化粧に手間取ったヨッちゃんは、会場までタクシーを拾った。

「えらいきれいにしてはりますねえ」

車中、タクシーの運転手さんはなかなか愛想がよかったが、お金を払う時に、彼はこう聞いたのである。

「ところで、このあたりにオカマ・バー、オープンしたんでっか?」

ミホちゃんとヨッちゃんには、共通点がある。

一つは、顔が痩《や》せていて骨ばっており、目鼻だちがはっきりしていること。二つ目は、化粧が濃いこと。三つ目は、服装が派手で、ボディコン系統であること。四つ目に、声が一般に女性の声とされる枠から外れていること。ミホちゃんの声は野太いし、ヨッちゃんは、いい年をしているにもかかわらず、電話なら小学生に間違えられるほどのぶりっ子声だ。

が、この四つの共通点に優先して二人に見られる特徴は、彼女らが明らかに女だと見られている場合には、美人だと評されるタイプであることだ。

上岡龍太郎司会の『ムーブ』(TBS)が、「女性一流モデル五十人特集」をやったときのことだ。

「ニューハーフと間違われたことがあるか?」

という質問に、二十一人(四二%)が、「ある」と答えた。一流のファッション・モデルを、現代の美人の典型だとみなすと、美人とニューハーフの間に、相似性があるというのは、重大な発見である。

美しい女は、男に似ているのである。

この場合、〈男〉性のビジュアルな特徴は、顔だちにおける彫りの深さや背の高さ、贅肉のないこと、などに集約される。つまり、女性における美は男性の模倣である。

男たちは、よく、男と女は違うとか、女性本来の美しさなどと言って、男女の性差が自明のものであり、なおかつそれは強調されねばならぬと言う。が、女が〈男〉性の片鱗《へんりん》を備えていない場合は、決して美しいとは見なされないのである。従って、女性本来の美などというのは戯言《ざれごと》であることがわかる。

男は、女が女のままである場合、決して女を性愛の対象としないことを、最初に告白してしまった人はフロイトである。

彼は、『呪物崇拝（フェティシズム）』の中で、いわゆるフェティシストとされている人におけるフェティッシュ（呪物）の正体が男根の代理物である、と暴露した。

男は幼児の時、最愛の母の足元にうずくまってスカートの下から母の下腹部を覗《のぞ》き込み、そこに自分が持っているペニスが存在しないことを知り、衝撃を受ける。そして、女性にはまったくペニスがないという事実を認めることに抵抗する。なぜなら、もし母が去勢された存在であるのなら、自分もまたいずれ去勢される運命にあるやもしれぬ、と感じるからである。

男の子は自らの去勢恐怖のせいで、この世にペニスのない存在がいるという事実を受け止めかね、ために女性はペニスこそ持っていないが、あくまでそれを持っているかのように勝手に想像してしまおう、とする。

子どもの視線は、スカートの中の母のその部分にたどりついて事実を認めてしまう直前の場所に、固定される。それが、脚と靴へのフェティシズムである。

幼児が強く求めていた女性のペニスが見えるべきはずであった陰毛の光景は、毛皮へのフェティシストを作り出し、脱衣の瞬間、すなわち、まだ女性にペニスがあると考えていてよかったあの最後の瞬間への郷愁が下着へのフェティシストを作り出す。

と、フロイトは、言う。

この短い論文を読んだ女の子は、たいてい笑い出してしまう。とんでもない意見だと主張する。

にもかかわらず、フェティシズムに関して論じる時、男性の研究者は、必ず古典としてこの論文を引用する。彼らは、フロイトの発見に一片たりとも疑義を抱いているようには見えない。

私もまた、フロイトのこの指摘を笑いなしには読めない者の一人であるが、考えてみれば、これは男にとって女の何が美であるか、そのありかを告白してくれている「女嫌い」の教科書としてきわめて重要な論文なのである。

男たちは、フェティシズムについて、「性器の異所化」とか「女性性器に対する疎隔」とか、「幻想としての男根化」とか、難しい言葉で解釈しようとするが、この論文が示していることは、もっとも単純に言えば、「男は女を愛せない」という、ただそれだけのことである。

男は、女が「男であるかもしれない」可能性においてのみ、女をかろうじて愛することができる。すべての男は女嫌いなのであり、男に愛される資格のある女は、〈男〉性を備えている女だけなのである。

私は、はじめに美しい女は男に似ている、と書いた。正確に言えば、この文章はこう訂正されるべきだ。男に似ている者だけが美しい女なのである。美しいという言葉は、〈男〉性を帯びたという言葉と同義語なのである。

ハイヒールをはいた美しい女の脚というのは、大地にしっかり立った女性ホルモンの充満したぽってりした脚ではないから、美しいのである。

現代における美の基準は、このように、男が自分たちが持っているペニスによる社会的特権を女が羨望しているという前提で、女の身体各部を〈男〉性化させることでつくり上げてきた。これが男がつくった性差のシステムである。

だが、このシステムには、致命的な欠陥がある。それは、モデルたちのような〝一流の女〟を男が所有しても、その女に子どもを産ませれば、〝一流の女〟から一流性を剝奪してしまうことになることだ。女を完全に所有することが、子どもを産ませ、女の自由を奪い去ってしまうことである以上、男による女の所有は、快楽用の女を生殖用の女に転落させることによってしか完成しない。

ニューハーフという存在が、男にとって魅力的であるのは、彼らが〈男〉性を帯びた〈女〉であり、しかも終生変わらぬ快楽用の女であるためだ。

上岡龍太郎の『ムーブ』では、また「ニューハーフ五十人特集」をやっていた。東京版と大阪版が別々に放送されたが、ニューハーフ業界では大阪のニューハーフは東京のニューハーフよりずっと美しいというのが定説になっているらしい。登場したニューハーフたちが、それが事実であることを証明していた。

実際に性転換手術を受けている率が、東京の一二%に対して大阪の四四%という数字について、上岡龍太郎は、「大阪のニューハーフの〝本物指向〟の現れだ」と言っていた。

東京のニューハーフには、ためらいが残っているが、大阪のニューハーフは「毒をくらわば皿まで」と言うべきか、何でも徹底しているところは、尊敬に値する。大阪のニューハーフの一人は、マンションの一室で開かれた主婦の集会に呼ばれて、「女の生き方」について講演したりしていたが、講演する方もされる方も、さすが大阪である。

大阪のニューハーフの美しさは、そのような「断念」の潔さの上に立っている。

自らを完全に快楽用の女に変えてしまった大阪のニューハーフたちが秋波を送ると、ゲストの大仁田厚は頬を紅潮させ、汗をびっしょりかいて、メロメロになっていた。大仁田でなくとも、同じ立場に置かれたら、男性はみな同じような興奮を示してしまうのではないだろうか。

男による女の所有は、女に生殖をさせない限り、完成したことにはならない。しかし、女が生殖したとたん、女は女の美〈男〉性の模倣）からすべり落ちてしまう。男による女の所有は、従って、永遠のやせ我慢か、絶えざる失望かの二者択一にはまりこむ。

ニューハーフは、生殖用の女にはなり得ない。ただ快楽追求を用途とする、〈女〉である。すべての男は、女を愛する以上にニューハーフを愛しているはずなのである。

森瑤子のクリスマス――つばひろ帽子の孤独

一度だけ、森瑤子に会ったことがある。ある講演会に、森さんも私も、講演者として呼ばれたのだ。その時、主催者側の凝った演出で、舞台の袖《そで》からではなく、観客席の一番後ろから客席の間を縫って、彼女は舞台に上がった。自分たちのすぐ横を森瑤子が歩いていくのを見て、聴衆はゾヨゾヨと波のようにどよめきをあげた。

森瑤子は、ソニア・リキエルの黒いパンツ・スーツを着て、つばの広い黒の帽子を被っていた。真紅の口紅に、同色のマニキュアをした森瑤子は、しかし、恥ずかしそうに視線を床に落として進んで行った。強烈な香水の匂いが、たちこめた。

残念ながら、彼女が講演で何を話したか、私は覚えていない。講演のテーマも、思い出せないのである。覚えているのは、森瑤子の服装と、壇上に登った彼女が最初にその掌《てのひら》に握りしめていた黒いペーパーウェイトを聴衆に見せたことだけである。

「私、人前でしゃべるのが苦手で……。でも、せっかく呼んで下さったのだから来たんですけれど、緊張で、新幹線の中から震えていました。だからそういう時は、この黒い石をいつも握っているの。これがあると落ちつける気がして……」

そんな苦しい思いまでして、なぜいやな仕事をするのだろう。可哀想に、この人は、今、本当に震えている——と、私は思った。講演会が終了した時、ロビーに出てきた森瑤子は、たちまち中年の主婦とおぼしき女性たちに取り囲まれた。

彼女たちは床に膝をすりつけそうに屈み込んで、森瑤子の手を握り、本にサインを求め、口々に「大好きなんです」、「本は全部読んでます」と告げるのであった。その時まで、私は森瑤子の小説というものを一冊も読んだことがなかったから、目の前の教祖と信者たちの情景をどう理解していいかまったくわからなかった。

森瑤子の作品を初めて読んだのは、今年（一九九三年）の七月である。ぼんやりとテレビを見ていたら、森瑤子さんが死去したというニュース速報が飛び込んできた。掌の汗に濡れた黒い石と、粘りつくような視線で教祖を見上げていた主婦たちの姿が甦《よみがえ》った。

その日から、数カ月、私は森瑤子の作品を読んだ。そして何冊目かに読んだ『マイ・ファミリー』に、一番強い衝撃を受けた。『マイ・ファミリー』は、『婦人公論』に一九九一年八月号から、九三年七月号まで連載された、彼女の家族に関わるエッセイをまとめたものであり、森瑤子の絶筆といっていい本である。

小説からして、森瑤子は、かなり強く生身の自分をさらけ出してしまう傾向のある作家である。

『夜ごとの揺り籠《かご》、舟、あるいは戦場』という小説の二年後に出版された『叫ぶ私』という『夜ごとの……』を書いていた当時受けていたセラピーの模様を逐一綴った本は、『夜ごとの……』という小説はこのようにして書かれましたという一種の解説本の役目まで果たしている。どこまでが事実でどこからが虚構なのか、複数の作品を並行して丹念に読みさえすれば、森瑤子という個人の生の姿が手にとるようにわかり、またそれを平気で許しているようなところさえ、彼女にはあるのである。

『マイ・ファミリー』の終わりの方の章は、雑誌に掲載された時期からいって、病床で書かれたものであることが読者にはわかる。各章にはタイトルがついているが、かなり長い分量のノルマをとにかく多少テーマに関係なくとも文字で埋めることによって果たそうとする気配が濃厚で、おそらく私生活の事実がそのままに描かれていると察せられるのである。

前年のクリスマスの直前、彼女は「死にものぐるいで時間を捻出し、リストを片手に渋谷のデパートに走り込ん」でいる。三人の娘たちと夫に、それぞれが彼女にリクエストしたクリスマス・プレゼントを買うためだ。二十五歳（当時）の長女は、品物ではなく現金を銀行口座に振り込んでくれと言ってきた。二十一歳の次女はプジョーの自転車を、三女はプロ用のカメラとレンズ一式をリクエストし、夫は「今年は羊の毛皮が裏に張ってある皮の半コートがいいね」と言った。

彼女はデパートで、まずプジョーの六万七、八千円の自転車を買った。次にカメラ売場でプジョーの自転車の倍はするカメラとレンズ一式を買った。それから、コート売場で悩みに悩んだ挙げ句、これは一生ものと思い、上等の方の羊の半コートを求めた。それに、娘たちには、リクエストの品の他にも、ちゃんとした場所に着ていけるカルヴァン・クラインのパンツ・スーツをそれぞれに買ってやり、夫には冬用のソフト帽も付け加えた。

クリスマス当日、娘たちと夫は、それぞれ互いのプレゼントを入れると一人につき六つも七つもプレゼントを貰《もら》うのだが、さて森瑤子の手もとにはたった二つのプレゼントしかない。それも、夫からの絵皿と娘の一人からの灰皿。夫からの絵皿は、夫が何年か前に申し込んでおいて、毎年クリスマスになると本人が忘れていてもちゃんとスウェーデンから送られてくるクリスマス用の限定絵皿である。娘たちと夫の言い訳がいっせいに始まる。

「だってママは、ありとあらゆるものをすでに持ってるんだもん」

森瑤子はこう書いている。

「結局は、思いやりの問題なのだ、と思う。お金の高い安いでも、趣味の問題でもない。普段のその人となりにいかに関心を持って接しているかの問題だ」

彼女は、今自分が何を欲しがっているか、そのリストを書き始める。ゴルフ・ボール、極上の麻のハンカチーフ、ティファニーの折り畳み写真入れ、インテリアの本、白いバラ三十本、白金カイロ、カシミアのグレーのセーター……。

「私はクリスマスの度に、いかに私が家族から愛されていないかを思い知らされて、ふと家出などしたくなってしまうのだ」

森瑤子は、セラピーの中でも、小説の中でも、しつこくある子ども時代の出来事にこだわっている。それは、彼女が四歳から五歳にかけて母の実家の伊東に疎開していた時のことなのだが、真冬のある日、母は彼女を連れて海岸に海草や流木を拾いに行った。

「母はずんずん歩きますから、うっかりしているとおいていかれそうになるの。私は置き去りにされるという感じがしてすごく怖かった。一度も振り向いてもくれずに、立ち止まりもせず大人の足でズンズンズンズン。海は高波で、岩がいっぱいゴツゴツしていて、悪夢のようでした」（『叫ぶ私』）

森瑤子は、自分が娘たちや夫に愛情のある接し方ができないのは、自分が幼児の時に母から十分に愛されなかったからだと自分なりに分析している。家族に対するどこかよそよそしい接し方（実は、それは夫が彼女にそうなじるからなのだが）を、一番敏感な娘が見抜いていて、その娘の上に神経症状が現れたと考えたのが、セラピーを受け始めた理由である。セラピーと並行して、彼女は精神分析の本を買い込んでは読み、さらにユングの著作にも手をのばし、とりわけユングの考え方に深い共鳴と治療への期待を寄せていたようである。

彼女の前をずんずん早足で歩き、子どもの目からすると「自分を遠くに取り残している気がした」母の姿は、実はその時母が怒っているに違いないとする子どもの直観が生み出した印象である。

母が怒っていると思った時に子どもが陥る当惑と孤独は、社会の承認が得られないことに対する恐怖感が姿を変えて現れたものであり、森瑤子が恐れていたのは、その時の母の怒りでもなければ、子どもの愛し方を教えてくれなかった母の冷酷さでもない。それは、社会の承認が得られないことへの恐怖なのである。この恐怖感が、繰り返し、母の後ろ姿という形をとって彼女を苦しめたのだ。

彼女は自分が家族に愛されていないという思いを率直に告白しているが、別のところでは、こう書いている。

「やっぱり私の方がいけないのだ。こんなことをしていると、いつか夫もレット・バトラーと同じように、すっかり嫌気がさし――中略――風のようにいなくなってしまうのではないだろうか? そんなことになったらどうしよう。娘たちも三人ともいなくなったあの家の中に、私一人だけになってしまう。でも今は考えまい。後で考えよう」

「少なくとも、私があの家に帰っていく時には、そこに夫がいる。娘たちの不在を共に嘆くことのできる夫がいる。ナオミ(注・三女)がいなくなった淋しさを共有してくれる人が、まだ、いる。もしも、ついに愛想をつかして、夫が消えてしまっていなければ――」

社会から承認が得られるということは、女性にとってはとりもなおさず、家族から承認が得られるということだ。最小限の承認は、どれほど不満や皮肉を言われても、とりあえずは家族が彼女の側にいてくれるということである。

そのような形で、森瑤子は、社会からの承認をもらうために、胃の痛みを抑えながら猛烈な勢いで仕事をし、稼ぎ、家族にお金を注ぎ続けた。妻であり母であっても、いつまでも〈女〉としての承認を手に入れたいために、過激なダイエットを課し、さらに胃を痛めた。

彼女の母は、ローレン・バコールに似ていたという。危険で、病的で、無関心で、上の空で、めったに笑わない美しい女性だったという。数限りなく帽子を集めて、形のいい小さな頭に帽子を被っていたという。森瑤子の黒のつばひろの帽子は、母にはあって森瑤子にはなかった「周囲への無関心」という一種の「超然性」への憧れを現しているのではないだろうか。森瑤子の帽子は、年を追うごとにどんどんそのつばを広げていったということである。

長男の下着、次男の下着
——男のエロス

主婦のAさんには、二人の息子さんがいる。

年子の兄弟の弟の方がAさんには、ずっと頭痛の種だった。兄弟が小学校の時から、参観日はAさんの気持ちを重くさせた。

「だいたい、子供の出来不出来は母親の育て方によるっていうのは絶対嘘やと思うのよ。担任の先生との懇談に行くでしょ。お兄ちゃんの方の先生は、『ほんとによく出来はりますね。どんな風に育てられたのか教えていただきたいですよ』と毎年必ず言うてくれはるのよ。そやのに、その後で弟の方の懇談に行くでしょ。鬱陶《うっとう》しい顔して先生が座ってはるわけよ。『もうちょっと家庭でもみてあげてもらえませんか』。何言うてるのよ、上の子も下の子もまったく同じように育ててきたやないの。育て方と子供の出来不出来なんて絶対関係ないわよ」

だからAさんは、参観日や懇談日には弟の方を先に兄の方を後にするように、出かけて行く。その方が家に帰ってからずっと気分がいいからだ。

お兄ちゃんは幼稚園の頃からよく出来た。コツコツと真面目に勉強し、父親にも一度も叱《しか》られたことのない、優秀な子供であった。地元では進学校として知られた公立高校に入学してくれたから、Aさんと夫は、長男のことを話す時には鼻の奥が少しムズムズするのだった。

だが、長男と同じ幼稚園に入れ、同じものを食べさせ、同じ絵本を読み聞かせ、同じスイミングに送り迎えして育ててきたのに、次男の方はさっぱり勉強ができなかった。高校は、兄の学校よりうんと偏差値は低いのに授業料は十倍もする私立に入った。また、性格が兄とは正反対だった。コツコツ努力するどころか、宿題やレポートなどもやっていかなくても平気というタイプで何かにつけて大雑把でいい加減だった。

Aさんが深夜に夜食を作って持って行くと、長男は必ず机に向かって勉強していたが、次男は必ずベッドに寝っころがってウォークマンをつけて車の雑誌を読んでいた。

高校を卒業すると、長男は現役で家から遠く離れた有名国立大学の理学部に進学し、下宿生活を送ることになった。次男の方は、とても受け入れてくれる大学などないだろうと、まわりのみんなが思っていたのに、地元に新設された名前が長くて舌を噛《か》みそうな私立大学に推薦でスイスイと入ってしまった。

夏休みになると、長男は洗濯物を抱えて家に帰ってくる。

ある日、家族の洗濯物を干していた時、Aさんは突然気がついた。一歳しか年が離れていないのに、二人の息子の着ているものが、余りにも違うのだ。

長男は白のカッターシャツにジーパン。下着は、白の半袖シャツとBVDの白のブリーフだ。次男は、派手なポロシャツやアロハシャツにコットンパンツか短パン。下着は、ランニングシャツに、柄もののトランクスなのだ。

乾いた洗濯物をたたんでそれぞれの箪笥《たんす》にしまってやる時、Aさんは長男と次男の衣類を間違えることはなかったが、長男と夫の下着はよく間違えた。要するに、長男は大学に入っても、Aさんがそれまでに買い与えていた、夫と同じ白のブリーフをそのまま穿《は》き続けていたが、次男の方は母親にあてがわれた下着など箪笥の奥に押し込んでしまって、どこかでさっさと派手なトランクスを買ってきていたのだ。

その日の夜、食卓でAさんが下着のことを話題にすると、待ってましたとばかりに次男が長男に向けて言った。

「兄貴、パンツ、替ええや。あんなパンツ穿いてるから、ガールフレンドでけへんのやで」

長男は、黙っていた。

Aさんが食事の後片付けを終え、お風呂に入って出てくると、居間で一人でテレビを見ていた次男が振り返りもせず告げた。

「オフクロ、兄貴なあ、童貞やで」

Aさんは動揺した。

自分から見れば、よく出来る自慢の長男が、次男からすると揶揄《やゆ》の対象になっていることと、次男がすでに性体験があることとの、二重の驚きだった。

そういえば、高校の時から次男には女の子から電話がしょっちゅうかかってきて、夜になるといつも電話を占有しているので、何度も叱ったものだ。なのに、そういえば、長男には今までただの一度も女の子から電話がかかってきたことはなかった。

長男は学校の先生にいつも褒《ほ》められ、両親にとっても他の誰にも負けない優秀な子だった。なのに、大学生になっても母親の買ってきたパンツをそのまま穿き続ける、その真面目さが、次男に嘲笑されている。

次男の、わがままで、ルーズで、要領のよい性格が、下着が代表する性的な領域での母親からの独立を作り出し、そのことが弟をして兄貴より優越させてしまっているのだった。

いったい男の子を育てるとはどういうことだろう、とAさんは思った。

幼稚園から小、中、高と十四年間、二人の息子は制服を着せられていた。制服以外の私服は、母親であるAさんによって決められていた。大学に入った途端、二人は制服と縁が切れた。同時に、アルバイトをするだけの時間の余裕が生まれた。すると、二人の息子は、蛹《さなぎ》から成虫に脱皮して、まったく違う模様をした二羽の蝶々になったのだ。

長男は羽根にほとんど色がないモンシロチョウであり、弟は極彩色のアゲハチョウだった。

次男がトランクス一枚で居間で寝そべっていると、Aさんはついつい横に座りこんで、毛むくじゃらの太股を触りたい欲望を必死で抑えて、見つめているだけで我慢していることがよくある。が、長男には、そんなことを感じたことは一度もなかった。

やがて、長男は大学を卒業して大学院に進み、指導教授の世話で、あるメーカーの研究所に就職した。次男は、文科系の学部を卒業して、プレハブ住宅メーカーに就職し、営業マンになった。

二人は、またスーツという制服を着るようになった。よく見れば次男はブランドものの、サラリーマンにしては少し派手かな、とAさんが思うようなスーツを着ている。長男は、デパートのスーツ売場で売っている、ごく普通の、地味なスーツを着ている。

目下、Aさんの悩みの種は長男の方である。

長男の住む会社の独身寮に日曜日に電話すると、必ず長男がいるのである。同居している次男は、日曜日に家にいたためしがなかった。

Aさんは、私に一度、家族四人で撮った写真を見せてくれたことがある。

「これが上の子やけど、結婚できると思いはる？」

長男は父親と同じフレームの眼鏡をかけて、ぎこちなく笑って立っていた。

「男性は、自分の身体に対してあまり自意識過剰になったり外見に凝ったりすべきではない、と前々から教えられてきたこともあって、自分の身体についてほとんど決まりきった様式でしか見つめることができない。男性は、身体的なことに関しては、無関心でなければならないのである」

と、心理学者セイモア・フィッシャーは『からだの意識（Body Consciousness）』の中で述べている。

これは、ボディ・コンシャスネス――身体意識、すなわち自分の身体に対する感じ方が自己意識を決定することを伝えるための本である。

Aさんの長男が研究所の科学者になったことと、彼の子どもの頃からのボディ・コンシャスネスとは無関係ではないだろう。

子どもたちは、科学者は男の職業だと信じて大きくなる。職業における男らしさと女らしさの調査では、「ハード」な科学ほど、また職種を問わずより「ハード」な分野ほど、人々は「男性的」だと見なしている。だが同時に、科学＝男性的という図式には矛盾もある。

イギリスの男子児童を対象とした調査によると、彼らは芸術家は美人で服のセンスのいい妻を持ち、夫婦の性的関係も充実しているが、科学者の妻は野暮ったくて魅力に欠け、夫は妻に何の肉体的興味も抱いていないとイメージしている。この結果を発表したL・ハドソンは、「にもかかわらず子どもたちは、科学者は男性的で芸術家はやや女性的だと見なしている」と言う。

科学には、もう一つのイメージがあるのだ。つまり、エロスの対極にあるもの、というのがそれだ。Aさんの長男は、男性として見た場合、野暮ったくて魅力に欠け、女の子をひきつけるものを何も持っていない。

兄が性的抑制なら、弟は性的快楽である。彼は制服が象徴する集団主義の世界では逸脱者として低い評価しか得られなかったが、制度の束縛が緩和されるや否やそのエロスをいかんなく発揮しだしたのである。就職してからも、営業マンとしての仕事に、そのエロスを有効に利用しているらしい。

学業上では「男性的」だったお兄ちゃんは大人になると「無性的」になり、学業上では「女性的」だった弟が大人になると「男性的」になった。

さて、Aさんの「男の子を育てるのは難しい」という嘆息は、つまるところ、こういうことだ。スイミングにも行かせ、塾にも通わせ、息子たちを男性として立派に成長させようと育ててきたが、果たして自分はどちらの子の子育てに成功したと言えるのだろうか。「男性的」とは、いったい何だったのだろうか、と。

II

繭に包まれて

「ハンバーガー店のスタッフが全員正社員だったら、割引セットは千円でも買えない」。三十代既婚パート女性の意見を知って、割引セットの値段をよく知らない私は、少し当惑させられた。

彼女は、この社会を下支えしているのは正社員ではなく、パート社員とフリーターだという憤りを抑えきれない。社員には、正社員と非正規社員がある。そのことは、分かる。分かるのだが、そういう区別を作ったのは誰なのかと考えると、痛恨の思いがするのだ。

日本で最初に「パート社員」になったのは、専業主婦である。最初、主婦は「家事に支障の出ない範囲」で働きに出た。そして、非正規社員として企業の労働力の調整弁として使われた。やがて、「もっと長く来てくれないか」と言われ、労働時間がついに八時間に延長されても、待遇は「パート社員」のままであった。

パートタイマーというのは、本来自由裁量で時間を選ぶ短時間労働者を指す。しかし、日本の「パート社員」は、そういうものではなく「正社員」より一段低い「身分」となった。

一回正社員を辞めると、「敗者復活」は、よほどのことがない限り望めない。主婦の「真面目さ」か「弱さ」のいずれかから誕生した働き方が、皮肉なことに主婦以外の人の「非正社員身分」を生み出したのだ。

スーパーでバイトしている男子学生に質問されたことがある。「僕よりずっとベテランの人でも、主婦というだけで僕より時給も待遇も低いのは、なぜなんでしょう?」

主婦は全員レジ係なのに、男子学生は野菜のパックに値段のシールを張る仕事を任されて、座ったまま仕事ができるのが後ろめたいのだという。

私がかつて勤務していた大学にも、感心するほど仕事のできる若い女性職員がいた。が、ある日突然いなくなった。

「あの人はパートだから…。女は就職なんかせんでも、永久就職すればいいじゃないか」。そんなことを言う就職課の高齢男性職員がいると、次々に女子学生が怒って訴えにきた。

その男性は職場に残り、若い女性は職場から消えていく。

女子学生は「バイト」と「就職活動」を通して社会の実態を思い知るが、それが変わらないことを知るや、社会と深く関わらないで済む、繭《まゆ》に包まれた生き方に入っていく。それが今どきの「新・専業主婦志向」である。明るい志向の裏に、隠されているものがある。

「就職活動で会社が男性社会であることを痛感しました。こんな社会を変えるための勉強がしたい」と、言ってくるのは大抵男子である。女子は当事者であるために、社会への疑問を持続することができない。が、やがてパート社員となって、あらためて怒りを持つのだ。

幻の大魚

心理学という専攻のせいかどうかは分からないが、私は若い女性から相談されることが多い。学生の場合は、圧倒的に恋愛の悩みの相談である。

「つきあう前と後で、カレの態度が急変したのですが、男性が釣った魚に餌《えさ》はやらないのはなぜでしょう?」という相談が一番多い。私はその理由を丁寧に説明し、ついでに学生を叱《しか》りもする。

「安易に釣られたあなたが悪い。これからは、釣ることのできない『幻の大魚』になりなさい」と言うと、どうしたら「幻の大魚」になれるか具体的な方法を聞かれる。

逆に、直截《ちょくせつ》的に「モテる方法」を教えてほしいという相談もある。「男性心理」を詳しく知らないとモテないからである。ただし知りたいのは、「モテる」に値する男子の心理である。

「魚のいない池で釣り糸を垂らしても仕方ないですから」と前置きがつくので、どんな池に釣り糸を垂らしたいのかを尋ねなければならない。

社会人の女性の場合は、「結婚してもいいかなと思う相手がいるが、結婚すべきか、まだ他のを待っていた方がいいか迷っていますが、どうしたらいいでしょう?」という相談が多い。相手をよく知っている人に相談したら、「ここまで来て、そんな相手とみすみす結婚することはない」と反対されたという。

「ここまで来て」「みすみす」というのは、彼女が仕事で一人前になったのに、みすみすそれを棒に振ることはないという助言と、彼女ならもっといい相手と結婚できるのに、妥協してはもったいないという親心の二つから出ている。

が、私は相談しに来た時点で、「結婚した方がいい」と答える。日本の少子化を憂いてのことではない。反対されてもまだ相談に来るというところに、彼女の隠された根強い結婚願望を見てしまうからである。

結婚していない男女のほとんどは、内心結婚したくないから結婚していないだけなのだ。表面では「いい人がいればいつでもするんですけど」と言うのは、そう言った方が無難だからである。

実際につきあっている相手がいて、二人の間に「結婚」という言葉が出てきた時点で、結婚を当人はしたいのだ。周囲の大人から「みすみす」と言われることに、本人は悪い気はしない。が、結婚というものは、既婚者は分かっているが、タイミングのなせるわざである。

結婚したい気持ち半分、次を待つ気持ちが半分という人は、結婚がしたいのだ。タイミングを逃すと、今度は結婚したくてもできない。ロス・タイムでは困難だ。

人間は、意外に自分を知っていて、自分とつりあっている人とつきあうものである。「みすみす」という言葉で、「みすみす」タイミングを逃す必要はない。

産むなら娘

子どもが一人しか産めないなら、「女の子を望む」という人が増加中だ。同じ理由で、娘が結婚して家を出ていっても、娘の部屋をそのままにしておく親が増えている。「いつ帰ってきてもお前の居場所はここにあるよ」というのは、「いつか実家に帰ってきてほしい」という願いの表れである。子どもを交通事故で亡くしても、その子が出ていった朝のままに、子ども部屋を保存している親の気持ちに通じるものがある。「娘の身体は嫁いでも、心は実家に置いたまま」と語る母親もいる。

娘が実家に帰ると、冷蔵庫の中の物をあれもこれもと持たせるのは、お盆に冥界《めいかい》から帰ってきたご先祖様を供養するのに似ている。「先祖崇拝」とは「子孫崇拝」の別名である。そして、親にとって唯一の子孫は娘と娘の子どもになりつつある。

どんなに介護保険が改正されても、娘はそれ以上の「歩く介護保険」である。「老後は子どもの世話になるつもりはない」という、アンケートでは大多数の意見となる親の言葉は、親が自分に無理やりそう言い聞かせている呪文《じゅもん》のようなものであって、「息子の嫁より実の娘を当てにする」ところに、本音はあるのだと思う。

娘が親をみるというとき、そこには三つの「みる」がある。

病気の親の看護をするという「看る」。年老いた親に代わって注意深く財産管理をするという「視る」。そして日々親の姿をそばで見守るという「見る」である。

男性には自分の老後を妻が「看てくれる」という根拠のない安心がある。「じゃあ、残されたあなたの奥さんの老後は誰がみるの？」と男性に質問すると「さあ、誰がみるんでしょう」という答えが一番多い。自分が死んだあとの配偶者のことまで心配している夫はきわめて希《まれ》である。

女性は自分が先に病に倒れたとき、夫に「看てくれる」気持ちも能力もないことを知っているので、老後に対する漠然たる不安は一層強い。

国も夫も長男の嫁も当てにはならない。そういう危機感が母親にはあり、母親の危機管理意識が、日本の晩婚化と少子化の遠因となっている。少子化は今や東アジア全体に広がっているが、いくら細木数子が叱ろうが、儒教の家制度を復活させることは不可能だ。時計の針を元に戻すことはできないのだ。

未だ貧しいアジアの老人福祉が子どもへの豊かな投資となる。母親の老後不安が、人口減少を招くというパラドクスは、ある意味「母親のストライキ」ともいえるのかもしれない。

同窓生畏るべし

四十年ぶりの同窓会というのは、楽しくて恐ろしいものである。

みな面影はかすかにあっても外見は変わっている。しかし、性格は中学のときのまま。中身が何も変わっていないということは、四十年間の経験は人を変化させないということなのだろうか。

「○○は、昔からこうなると思ってたよなあ」「思ってた、思ってた」

人間の運命は中学のときに友人たちに既に正確に予言されている。ならば、人間の努力も別に大した意味はないらしい。

人に与える第一印象こそその人の「無意識」であると言ったのは、心理学者の岸田秀氏である。私の同門の先輩に当たる。要するに、本当の自分は、周囲にいる人にはとうに知られており、本人だけが知らないのだ。

自分の社会的価値を知りたければ、銀行に行けばいいと言った人がいる。いくら融資してくれるかで、その人の価値を銀行がきちんと査定してくれるからだ。

が、自分の運命を知りたければ、同窓会に行けばいい。人間の運命はその人の性格が生み出すもので、性格は、昔の友人が最もよく知っている。

「不思議の国のアリス」のドゥドゥという鳥からつけられたドドというあだ名の男の子は、ピアノが上手で心が優しく、とても成績がよかった。本当は芸大に行きたかったが、ピアニストとして食べていくことは難しいと判断して医学部に進学した。今は、外科医として病院に勤務し、患者さんのために病棟でピアノの演奏会を開いている。ピアノの夢は、そういう形で実現したが、それ以外には想像できないような職業生活である。

「あのとき、○○はこんなこと言っていたよな」「言ってた、言ってた」と、他人がみな覚えていることを、本人だけが「言ってないよ」と否定する。覚えてないのだ。

事実というものは自分にではなく、周囲の人の中にあるらしい。自分の記憶は、本人に都合のいいように加工・編集されるからである。

「大人になったらドラマ『ナポレオン・ソロ』のロバート・ボーンと結婚するの」。そう言っていた女の子はアメリカ人と結婚した。「本当にアメリカ人と結婚したね」と言うと、そんな夢をウットリと語ったことをまったく覚えてないという。

私が今書いていることは、中学のときに既に語っていたことだと言われ、自分でも驚いた。現在というものは過去の中に種子があり、そこから芽が出て、やがて開いた花なのであろう。しかし、本人はみな、花は偶然咲いたと思っている。

将来もまた、現在身近にいる人たちが見ているものや、本人が忘れて友だちだけが記憶している言葉が実現したものになるだろう。占い師や勘違いの努力より、正直な友だちを大切にしたほうがいいと思う。

愛しのオカメインコ

レストランでは、女性を通路側の席に座らせ、自分が壁際の席に座ってはいけない。女性を壁際に座らせ、男性が通路側の席に座ることが、デートのマニュアルである。そういうスマートなエスコートを知らないか、知っていても平然と無視しているという意味で、そういう人は年齢を問わずオヤジである。

私は週に一回大学に行く。前期は東京・広尾にある女子大で「恋愛とジェンダー」を、後期は早稲田の法学部で「犯罪とジェンダー」の講義をしている。

学生にレストランでの席について書かせると、恋人のいる女子学生は「当然、奥に座ります」と書いてくる。男子も「彼女を壁際の席に座らせます」と書いてくる。

ところが、「デートをしたことがないから分かりません」「僕の辞書には未だ恋人という文字はありません」と途方に暮れたような回答を書く学生が男女とも五割もいた。中には、小中高大と女子校で「男の人と二人きりで話したのは従兄弟《いとこ》以外には一度もありません」という女子もいた。

気の毒な質問をしてしまったと思い、翌週には「恋人のいない人は、エロスを代わりに何で満たしていますか」という質問をした。男子学生の圧倒的多数は「サッカー観戦」であった。「海外のJリーガーを見ること」という回答が多かった。彼女の代わりに、Jリーガーに恋をしているのだ。

一方、女子学生で一番多かったのは「ペットといること」であった。二番目は「オダギリジョーを見ること」「劇団ひとりを見ること」等々で、それ以外に「妄想」という回答も結構多かった。文学は進化するはずだ。女子もオタク化しているのである。

翌週「ペットを飼っている人は、ペットの種類を書いてほしい」としつこく質問したら、一位がインコで、ウサギとカメが同数の二位だった。

室内犬がいる家庭はとても多いのだが、それはあくまで「母親のペット」であって、学生は「散歩に連れていかなくてもいい自分用の小さなペット」を部屋で飼っている。

インコ系では、セキセイインコよりオカメインコの方が多かった。私はオカメインコというものを見にペットショップを訪ねた。小鳥かと思ったら、それは意外に大きな鳥であった。言葉を喋《しゃべ》るらしい。

男子はサッカー選手にときめき、女子はオカメインコと喋っている。これが日本だ。デート機会均等法を作ってもムダであろう。オカメインコより愛くるしい言葉を喋る男子や、Ｊリーガーより上手なアシストをしてくれる女子はどこかにはいるが、どこにでもいるわけではないのだから。

クロッカスの葉

ホテルのプールから出ると隣の庭に、一瞬鶯《うぐいす》を見た。それはすぐに飛び去った。そばにいた七十歳くらいの見知らぬご婦人に、思わず声を掛ける。

「今、そこの枝に鶯がいましたよね」

「え？　気がつかなかったけど、それなら初物ね」

食べ物でなくても初物と呼んでいいのだ。

「湯島天神の梅も咲いたというから、鶯がいてもおかしくはないわ。きっと本当に鶯よ」

それで、私が見たのは鶯だということになった。来週、湯島天神にも行ってみようと思った。

その人は、マンションに一人で暮らしているという。

「私は有閑マダムではなくて、一介の労働者なの。働いて自分でマンションを買ったの。小さいけど、私の城よ」

仕事を聞くと「事務よ」とだけ言った。今は退職して年金で生活しているらしい。

「うちのマンションの小さなバルコニーでもね、沈丁花《じんちょうげ》の蕾《つぼみ》が膨らんできたの。クロッカスの葉も伸びてきているわ」

その人の横顔を眺める。肌がピッカピカに張っている。メッシュを入れた髪もお洒落《しゃれ》なので、お世辞ではなく口にした。

「あなたのような方は、さぞかしモテたことでしょう」

するとその人は、首をすくめて茶目っ気たっぷりに笑った。

「私、二十人にプロポーズされたのよ」

誰のプロポーズも受けなかったのは、仕事を辞めたくなかったし、東京の親の家を離れたくなかったからだという。

ヘア・スタイルを褒《ほ》めると、その人が言った。

「髪の毛はね、抜けるのよ。でも、また生えてくるの。髪の本数自体は増えないけどね。髪は上に向かってムシャムシャにかきあげなさいって、美容師さんに教えてもらったの」

今度は私の身の上を尋ねられた。拾った猫と暮らしています、と私は答える。

「働いてるの？」

「一応」

「それなら労働者ね。私と一緒ね」

労働者という言葉が自分の存在に輪郭を与えた。

「いつかうちに遊びにいらっしゃい。私、一人の食事だとお酒を飲まないけど、お客さんが来る時には飲むの。これでも料理はとても上手なのよ」

お住まいはどこですかと尋ねようとすると、その人はクルリと背を向けて「またね」と、スタスタ去って行ってしまった。

眠りに就く時、驚もその人も幻想だったのではないかと思った。が、髪という言葉が神に由来することに気がついた。

「髪もクロッカスの葉と同じように伸びていく」

生命が蠢《うごめ》く気配を感じる。今日は「神」に会ったのかもしれない。そう思うと、春の夜の深いまどろみに入っていった。

煙草と化粧

近所のコンビニの入り口に灰皿が置いてある。そこに片手をついて身体を支えながら、煙草を吸っているスーツ姿の若い女性がいた。営業職なのだろう。顔には表情というものがない。

街に出ると、煙草を吸いながら歩く若い女性を見ることが多くなった。「歩行喫煙」を条例で禁止する自治体も現れているが、あくまで対症療法で、原因はなおざりにされたままである。

喫煙というのは、慢性的なストレス下に置かれた者が、緊張緩和のために必要とする安価な「依存」対象である。

しかし、煙草が健康に及ぼす有害性が喧伝《けんでん》されるや、中年男性は禁煙に入っていった。

戦後の日本では、お酒と同じで、素人女性は煙草を吸わないものとされてきた。今でも「女が煙草を吸うなんて」と眉《まゆ》をひそめる人もいる。しかし、煙草というものは、この人は絶対に吸わないと思うような女性が実は陰で吸ったりしている秘密のものでもある。女性は素顔を隠していたのだ。

道を歩きながら煙草を吸わねばならないというのは、若い女性が素顔のままで公的場所に出てきていることの現れである。電車の中で化粧をするのと同じである。

「なんで、今さら素顔を隠さねばならない」

それが本音だろうと思う。

将来の健康より現在のストレスに対応するのに精一杯だ。そういう「依存」と「女のたしなみ」を比較すれば、前者の方が圧倒的に強まってきているのだと思う。

一九七〇年代において女性が煙草を吸うのは「反抗」と「孤立」の証しであった。

二〇〇〇年代において女性が煙草を吸うのは「頽廃《たいはい》」と「同調」の証しである。

戦前のフランスの女優さんの「倦怠《けんたい》（アンニュイ）」という気分ではない。もはや状況に何の希望も見えないときに人が示す「頽廃」が、女性に公然と煙草を吸わせ、電車の中で化粧をさせている。

若年のしかも女性の置かれた状況を思えば、すべて仕方のないことだと私は考える。状況は努力によっては何も変わらない。

「芸術も技術も女性を意識しないものは成功しない」と本田宗一郎は言った。が、現実には男性は女性を「消費者」として意識するだけで、「生産者」として男性と対等に扱うのはいまだ困難なのではないか。

生まれたときから「幸福」など味わったことなど一度もないという子どもたちもいる。知人が中学校を講演に回ったとき、一番多い質問は「生きていて、何か楽しいことがあるんですか？」だったという。

なんと「正直」な質問だろう。「正直」が挫折したとき「頽廃」になる。素顔を隠しておけないのは「正直」から発生したものだ。そう思いながら車内で化粧する人を見ている。

社会に消費されるケータイ女子

『日本溶解論』（三浦展・スタンダード通信社）

かつて『ファスト風土化する日本』で地域の崩壊を看破した著者である。その人が、この本が「もしかして最後の世代論になるのではないか」と記すほど悲観的な現実を提示している。

「溶解」とは化学用語だが、固体が液状に溶けていく状態を指す。

要するに今まで日本は固体だったのである。見田宗介の指摘する「企業戦士」と「専業主婦」からなる「近代家父長制家族」という固体である。しかし、それは「自由」「平等」と「家父長制」の間にある本質的な矛盾を高度成長という果実によって「封印」してきたに過ぎない。

豊かになるためにそういう生活を「手段」として選ぶことができなくなった現代、矛盾は「解凍」され、人は、会社や家族から溶け出していく。この「液状化」現象を最も早く受け止めてきたのが「ジェネレーションZ」（一九八五～九二年生まれ）である。

現在十五歳から二十三歳になるZ世代は、バブルが崩壊した時に小学校に入学し、親は「日本株式会社」の崩壊によってリストラされたり、兄や姉はフリーターや非正規社員であったりすることも多い。そのZ世代の行動や価値観を調査した結果が本書である。特に携帯サイトによる調査（自宅にパソコンのない子どもたち）の答えには、地域による偏りがない。「ケータイ女子」は、トヨタとイオンとマクドが好きなのだ。商品そのものには関心がなく、一番売れているものを消費していれば安心なのである。

近代合理主義が消滅した八〇年以降、人生から目的が奪われたため、Z世代の多くは人生それ自体が楽しいから生きるという価値観を持つ。が、どうしたら人生が楽しい状態になるのかが分からない。「お金を得るため」だけの「将来性のない仕事」から満足感を得ることは難しい。

だから、「運命」とか「宿命」を教えてくれる江原啓之の言うことを信じる。Jリーグなどのスポーツイベントに熱狂し、花火大会に浴衣《ゆかた》を着て行く。「みんながしているからする」ケータイ女子は、消費するだけの人間として社会に消費されている。もう携帯を持たせるのをやめさせよという著者の指摘には納得させられる。

三人目を産む理由

教員生活を送って二十三年になる。教員になった最初の年に教えた学生たちは四十代に突入している。その一人が教えてくれた。

「先生、結婚しても四十歳になったら、人生は元に戻ってしまうのよ」

彼女は専業主婦で、子どもが二人いる。

下の子が幼稚園を卒園したのを機に、ある日自転車の座席の前につけていた幼児用の椅子《い》子《す》を取り外したら、いきなり涙が溢《あふ》れ出したという。

幼児には「分離不安」というものがあるが、母親にも「子離れ」で「分離不安」が再現する。

幼稚園の入園式で、その子は園児席に座れず、保護者席の自分にくっついたまま泣いていた。

「恥ずかしいでしょ。他の子は、ちゃんと一人で座ってるでしょ」と焦って叱った日を思い出すと、懐かしさで胸がいっぱいになるという。

卒園式の日、子どもは一度も振り返らず園児席に座っていた。卒園までの三年間に、子どもは成長し、「親離れ」を果たした。それは頭では嬉《うれ》しいことでも、心では悲しいのだった。

「下の子がいつまでも甘えてくれたらどんなにいいかと思うわ、先生」

子どもに必要とされなくなったとき、母親の人生は「また元に戻ってしまう」というのである。

「元」とは何だろう。愛する他者を求め、その他者に自分も愛されることを夢見る結婚前の時期のことである。

ある人を「愛している」とは、その人から「愛されたい」と願うことである。そう思って結婚し、最初は夫にまとわりついていた。やがて、夫は仕事が忙しくてかまってくれなくなる。子どもが生まれると、子どもはうるさいほどまとわりついた。夫も、自分のことをこんなふうに鬱陶《うっとう》しいと思っていたのだろうか。夫の前では自分は子どもだったのだろうか。大人と子どもの両方を行き来する妻の気持ちは夫には分からないだろう。

自分が子どもなのか大人なのか分からない日々を過ごしてきたが、いつか子どもも自分の足で自転車に乗るようになり、振り返らなくなる。

子どもが、「自立」したのだから、母である自分も「自立」するしかない。「自立」よりも「巣作り」をしたいと思って結婚し、どこよりも完全な巣を作ってきたつもりだった。四十歳になった今、その巣を出ていくのが本当に恐ろしい。

「もう二度と、この子は私の前に座ってくれることはない」。そう思うと、自転車を見るだけで胸が塞《ふさ》がれる思いがする。口には出さないが、実はどんな失恋よりもつらい失恋を母は経験しているのだ。

「三人目を産む動機はそれだと思う」。彼女はポツリと呟《つぶや》いた。

セカセカ生きる

　三十年前、友人から貰《もら》った牡蠣《かき》を食べて食中毒になった。食中毒はそれが初めてである。

「今夜中に食べた方がいいよ」と言われ、牡蠣の殻《から》を必死でこじ開け、大きな生牡蠣を十個以上も食べた。おいしかった。

　深夜になって激しい腹痛と吐気に襲われた。メゾネット式のアパートに住んでいたが、寝室は二階でトイレは一階にある。夜明けまで、階段を数え切れないほど登ったり降りたりし、ついに体力が尽きて階段の中ほどで意識がなくなった。

　翌日の昼すぎに、牡蠣をくれた友人がオドオドしながら電話してきた。「なんともなかった？」「今は生きてるけど、一時は死ぬかと思った」。聞けば、同じ日に牡蠣を食べた人たちが、バタバタ倒れているという。

しかし、同じ牡蠣を食べながら何の症状も出ていない人がいるという。人によって食中毒になる人とそうでない人がいるのかと思っていたら、その人にも二日後に激しい症状が出た。食べたその日に症状が出たのは私だけで、普通は翌日の朝から苦しみだし、二日もタイムラグがあるのは一人だけだった。

牡蠣をくれた友人は、食中毒の原因より、症状が出る時期の相違、つまり身体症状の速度の「個人差」の問題に夢中になっていた。私もついつい興奮して「個人差」を考えることに没頭した。苦しかったことを簡単に忘れてである。

身体と精神の関連について二人が出した結論は、身体が中毒を起こす固有の速度は、ご飯を食べる速度や歩く速度、お風呂に入る時間の速さと関連があるのではないかというものだった。

私はものを食べるのが速い。人と食事をすると、「あれ、料理はどこに消えた?」と必ず聞かれる。もちろん私の胃袋にとっくに入っているのだ。

小学生の時、「食べ物は百回噛《か》みましょう。噛めば噛むほど味が出ます」と先生に教えられた。が、百回噛むと何の味もしなくなった。こんなことは二度とすまいと、心に決めたものである。

お風呂では、親は「肩までつかって百を数えなさい」と言うので、猛烈なスピードで百を数えた。一度、本当にゆっくり温泉に浸《つ》かっていたら、のぼせて倒れたことがあった。牡蠣をくれた友人は、「スロー・ライフを心がけた方がよい」と、自分が食中毒の原因を作りながら、私に説教までしたのだ。セカセカした生活テンポは自分の意思で変えられるものではない。これは性格の一部である。が、生活テンポは、年をとると自然にユックリになっていくという。

健康のために早く年をとりたい。と、セカセカしながら望んでいる。

団塊世代と麻雀

団塊の世代のトップが定年を迎えたのは二〇〇七年である。団塊の世代とは、一九四七年から四九年に生まれた集団を指す。

彼らはとても幸福な世代である。高校でも一学年三十クラス以上あったという話は都会では珍しくなく、一クラス当たりの人数も多かった。

が、人数が多いから授業が成り立たないとは誰も思わなかった。むしろ、たくさんの級友の中で揉《も》まれ、先生に怒鳴られながらも可愛がられたと、高校時代を懐かしく想《おも》う人が多いのが、団塊の世代の特徴である。「学校」というものが「時代」という大きな器をそのまま反映する小さな器だからなのであろう。

当時の生徒は競争はしても敵対はしていない。フォークソングを聞いて体制に反抗しながら、受験勉強に精を出すという「恵まれた矛盾」を、生きてきた。

大学に進学することで父親の学歴を超えることができた団塊の世代にとって、大学生であることはまだエリートであることを意味した。大学生活は「青春の余暇」であった。フランス語かドイツ語を「教養」として選択しながら、「余暇」には「麻雀《マージャン》」に夢中になる。

そのすぐ下の世代は、「バイト」しながらも「余暇」を集団で夢中に生きる。そういう大学生を描いた学生漫画の傑作が、いしいひさいちの『バイトくん』である。

この間まで、大学街の雀荘に閑古鳥が鳴いていたが、最近また少し学生が戻ってきたそうである。麻雀をする大学生は、サークルの先輩から伝授された、あるいは家族でやっていた「古典」の感覚でやっている。

若い人がはまるパチスロと違い、麻雀は必ずその中に「社会」があり、親密感が存在する遊戯である。

そういう遊戯というのは、人間が時間を消費する仕方としてはかなり高度で、「繋《つな》がりの感覚」を潜在的に備えている。それは四人の小さな集団である。メンバーが集まらなければ始まらないし、誰か一人が止めると終わるので、他者に依存した遊戯といってもいい。

団塊の世代に孤独な遊戯は似合わない。団塊の世代は、若い頃に孤独ではない世界を知ってしまったのである。読書は、孤独を避ける最大の趣味である。

パチスロのような射幸心を煽《あお》るゲームは、現在の青年の置かれた孤独と自閉性を象徴している。そこでは社会性が予《あらかじ》め失われているので、自分を制御することができず、容易に依存症になる。

趣味とは、人が若い時代に覚えた余暇を過ごす技術のことである。

団塊の世代は「依存症にならない依存」を知っている世代である。

私のこと忘れたの？

熟年の夫には二つのタイプがある。「熟年離婚」が他人事《ひとごと》ではないと思っている夫と、妻の不満を想像もしていない夫である。

後者の夫は思っている。自分はちゃんと給料を入れている。浮気も、もちろんＤＶもしていない。家庭もできる限り顧《かえり》みてきた。夫として何ら不都合なことはしていない。

そう思っているのに、いきなり妻から離婚を切り出されることがある。応じない場合、妻側の離婚申し立て事由は、たいてい「性格の不一致」である。

夫からすれば、夫婦の性格は一致している。

そもそも二者関係が良好であるかどうかは、二者が別々に判断することである。「親子関係」に置き換えてみれば、親が見た「親子関係」と、子どもが見た「親子関係」が完全に一致することは少ないのが現実である。

「関係」というものは、それぞれの主観の中にしか存在しない。親子ですら、別々の主観の中に「親子関係」を持っている。一組の親子とは、二つの親子関係のことである。

親は、自分以上に子どものことが分かっている人間はいないと思っている。しかし、子どもからすれば、親は自分のことを分かってくれていない。むしろ、自分のことを世界で一番分かっていないのが親であると思っている。

そして、親子間の「性格の不一致」に苦しみ、相手を全力で否定するのは必ず子どもの側である。

夫婦とは、親子のことである。

夫は、自分は妻に「自己採点式」に、あれもしてやったこれもしてやったと思っている。なのに、なぜ妻から離婚されなければならないのか。答えは簡単である。

夫には、妻にも一人の人間としての「こころ」があるということが分からないのである。女性にも男性と同じ「人間の誇り」があるということが分からないのである。

自分が食べさせて、自分の言うことを聞いて、自分よりも社会に出ていない妻という女性が、自分と対等であるとは到底思えないからである。そして「区別」する自分に気づいてさえいない。

妻はいつも夫に何か用事を依頼している。ささやかな依頼である。それを夫は忘れてしまう。

しかし、妻は用事つまり自分の望みを忘れられたことを忘れない。子どもが、親が約束を忘れたことを忘れないように。

それは、自分が透明な存在であることを知る悲しみである。積もった悲しみはやがて諦《あきら》めに変わっていく。

透明な存在のまま生きていくことはできない。生きのびるために、子どもと妻はその場から去っていくだけなのだ。

愛とは、あなたを忘れないというただそれだけのことである。

出口のないトンネル

将来の人生設計に関して、女子学生の間に「仕事に生きる」派と「専業主婦になりたい」派の二極分化という変化が見られる。

前者の場合、自分のしたい仕事があり、その仕事で自分がどこまで通用するのか試してみたい。親も応援してくれている。経済的にも親を安心させてやりたいし、自分のお金で好きなものを買える身分になりたい。

後者の場合は、家庭と仕事の両立を目指すとどちらも中途半端になりそうなので、家庭に入ることを決める。結婚してから後悔しないように、一人のときには自由を楽しみつつ貯金することも忘れない。

自分の欠点を悟り、一点に目標を定めて集中的に努力するという意欲を感じる。迷うことで悩みたくはないし、後悔もしたくない。「不安」は迷いから来るので、今のうちに生き方を決めて「不安」を回避したい。要するに、無駄なことに時間を費やしたくはないのである。

精神科医にして文学者としても知られる故・神谷美恵子さんは、当初二児の母でもある家庭の主婦であった。が、食糧の配給の列に並ぶときにその無為に耐えられず、「数学」の洋書を読みながら並んでいたという。

そのことで周囲から「浮いて」いたが、自分の生活を否定するために「数学」という一つの完全な別世界に自分を置いたのである。

主婦であることには、正反対の二つの資質が求められる。家庭の中にいて直接的には社会と繋がっていないことに疎外感を持たないことと、近所の人たちと「当たり障りのない会話」ができる社交性を持つことである。

神谷美恵子さんには、その両方が欠けていた。が、本人はそのことを十分に自覚しており、自覚していたからこそ、「主婦の生活」から逃れようともがき続けた。

神谷さんの時代には、女性は「主婦」になることが当たり前であり、自分にその「適性」がないと感じながらも、責任感からその義務を果たそうとすることは、出口のないトンネルにいるようなものである。

現在の女子学生は、そういうトンネルに最初から入らない。仕事を選ぶ者は最初からそういう人生を迷うことなく選び、結婚する者は最初から結婚したいからする。仕事を優先する者は、結婚を後回しにする。「結婚は六十歳になったらする」「老後は南の島に住む」と言い、結婚を優先する者は「子育てが終わったら、社会と繋がりたい」と言う。

授業料負担の重さにあえぐ親を見ており、アルバイトに励みながら「資格取得」のための勉強にも精を出す。学生でありながら、親よりも「大人」の感覚を持つ学生が増えてきている。

精も根も尽き果てる

「ドロドロの雑巾《ぞうきん》のようになって毎晩玄関に立っているんです」

主婦の人が言うのは、深夜に仕事で疲れて帰ってくる夫のことである。

汚れを洗い流すようお風呂に入らせようとしても、夫は服を着たままソファにドサッと身を投げて眠ってしまい、ゆすっても叩いても起きない。

「精も根も尽き果てるというのは、ああいうことですね」

「根が尽き果てる」の「根」とは、辞書によると「苦痛や困難に耐え、物事に積極的に立ち向かおうとする意欲」のことである。

フランスから帰ってきた友人が、自分自身のことも含めて、「こんなに勤勉に働くのは日本人くらいですよ」と呆《あき》れていた。

東京では地下鉄の終電の車内が朝のラッシュ・アワーのようであることに驚いた人がいた。が、そのことに驚く人がいるのに、私は驚いた。

根が尽きるまで働くことをしない人もいるのだろうが、周囲には「勤勉」な人ばかりがいるようにしか見えないのだ。

サラリーマン、フリーター、自由業、学生。どういう立場であれ、今や「勤勉」でなければ勤まらない。

「根」すなわち「物事に積極的に立ち向かう意欲」が尽き果てるのは、そういう意欲を日々限界まで使わなければ生きていけないからである。

「根」すなわち「苦痛や困難に耐える力」が尽きるのは、いくら耐えても苦痛や困難が、次々に意図的に作り出されるからである。

早くに「根」を捨てたもののほうが、よほど楽に生きられる。

ドロドロの雑巾になって帰ってくる夫を見た妻は、自分に時間の余裕がなければ夫が死んでしまうことを危惧《きぐ》していた。

一人で暮らす息子が深夜の二時にならないと帰れないことを知っているある母親は、息子の安否を確認するために週に二回電話を入れる。息子が電話に出ないと「死んでいるのではないか」という不安で、夜も眠れないという。

「もう一日待って電話に出なければ、訪ねていこう。もう一日だけ待ってみよう」

息子の過労による孤独死を避けるために、母は早く結婚してほしいのである。

誰もが精根尽き果てるまで働かされる社会では、一人に一人の監視役兼看護役が必要である。まさに「生存のための結婚」である。

しかし、「根性」がある人ほど働かされ、相手を見つける時間がない。若い人たちにお金と時間を与え、成果主義をやめなければ、もう子どもは生まれない。

人が「競争」ではなく「協力」しあえるようにしないと「少子化」は止まらない。

子どもは誰のもの?

幼稚園の参観日や運動会で、親が自分の子どもをビデオで撮影するというのは、いつから当たり前になったのだろうか。

運動会にビデオを持って行き、妻に指示されてわが子をズームで撮るのは現代の父親の普通の役割である。

参観日には、教室の後ろで父親ではなく母親が子どもをビデオに撮る。かすかな音でも、ビデオの稼働音というのはまとまると結構大きな音になる。参観日にはその音で、児童・園児の集中力が妨げられるという理由で、撮影を自粛してほしいという学校や園側の要望がある。が、そういう要望は、強制できないものであるらしい。

そもそも親の側に「自分の子どもを撮影して何が悪い」という意識がある以上、誰もそれに逆らえない。子どもは親のものであるらしい。同時に、教育はサービス業である。サービスが悪いと、消費者は苦情を言っていいという時代なのである。

幼稚園なら分からなくもないが、今や高校の体育祭ですら、子どもをビデオに撮る親が増加している。しかも、女子生徒だけではなく男子生徒がストリート系のダンスをするのを、母親が近距離で撮影する。

高校の体育祭に親が来ること自体、ある年齢以上の人には想像できないことである。子どもが体育祭をしている間、昔の親は懸命に働いていたか、子どもは「学校にお任せ」していたからである。子どもは子ども、親は親という「分離」ができていたとも言える。子どもの高校に親が仕事を放り出してやって来るというのは「親子密着」の象徴のようなものである。

子どもは一体誰のものなのだろう。

二〇〇六年六月十四日、政府の出した新しい少子化対策案が了承された。二〇〇五年の合計特殊出生率が１・25と下げ止まらないのを受け、四十項目からなる対策が発表されたが、内容は新味に乏しくメッセージ性もないと、大方の批判を受けているようである。

だいたい少子化対策には、子どもは誰のものかという肝心な問題が曖昧《あいまい》なままにされている。

親が「自己責任」で子どもを産み育てるのなら、経済的・社会的責任を引き受けられる成熟した大人になってから、人は子どもを産めばいい。

子どもが「社会の子ども」であるのなら、子どもが所属する社会（学校）に、親が必要以上に介入する権利はない。子どもは親がいないときにも、集団の中で生きのびなければならないのである。

子どもの姿は学校に行ってビデオで「記録」するものではなく、瞼《まぶた》に「記憶」するものである。

今の子どもは親に撮影されて当然と思って育ってきている。自分は親にとってのスターなのである。すべての子どもがナルシシズムを植えつけられる。それが潰《つぶ》される時は、やがて必ず来るというのに。

Book Review

孤立無援のモード哲学

『シャネル——最強ブランドの秘密』（山田登世子）

年に何万枚ものスーツを売りさばきながら、ココ・シャネルは、年がら年中着たきり雀だったという。いつも同じスーツを着て、朝の七時から夜の九時まで働いていた。

「モードははかなければはかないほど完璧なのだ。最初からない命をどうやって守るというのか」と言いながら、シャネル自身はモードを無視する「アンチ新品」派だった。

「モードは芸術ではない。商売だ」

シャネルの言葉を引用しながら、著者はシャネルその人の「二重性」を解明していく。

エルメスやルイ・ヴィトンといった伝統あるブランドとは違って、シャネルにはただ自分の名前を力にしていく以外に方法がなかった。「ネーム・バリュー」である。

当時、フランスのクチュリエはアメリカ文化を軽蔑していた。アメリカ人にとっての楽しみは有益か必要かであり、不要なものを創り出すことを知らない。不要なものこそ、フランス人にとって必要なもの以上に絶対不可欠なものである。が、シャネルは、「無駄」を排した実用性そのものを愛し、ゴージャスなものと同じく、「過剰なもの」「奇抜なもの」を嫌った。大衆消費社会の到来をいち早く読み取ったのである。

しかし、大量生産を肯定したため、オートクチュールの他のメンバーに憎まれ、シャネルは七年間も生地を売ってもらえなかった。その孤立無援の感覚から、自分のモード哲学を自覚せざるを得なかったのだろうと著者は指摘する。

シャネルがショルダーバッグを発明したのは、乗馬中にも使用できるからである。メンズのスーツを女性用に「盗用」したのも、メンズのスーツは「自分で着つけができる」からである。しかも、シャネルは商品の価値を決して安くは設定しなかった。

「自由になるためにはお金がいる。お金は牢屋の扉を開けてくれる鍵だ」

シャネルは生涯、自分の出自を隠し通したが、黒のスーツに白の衿《えり》やカフスをつけた清潔でモダンなデザインは、孤児として修道院にいたときの制服からきたという説もある。

八十七歳で、ホテル・リッツの簡素な白い壁の部屋でシャネルは「はたらく女」として死んだ。

「持ち歌」より「決め歌」

初めてカラオケに行くことは、ニューヨークでアイスクリームを注文するのと同じくらい難しい。

アイスクリームの種類や数、それに容器やトッピングについて、素早く決断して注文しないと後ろに並んでいる人に迷惑がかかる。しかも前の人と同じものを選択することができない。

カラオケ・ボックスはニューヨークのショップよりも恐ろしい場所なのかもしれない。マゴマゴしていると時間が無駄に過ぎてしまう。

先日、幼馴染《おさななじみ》の女性三人が、五十歳を過ぎて生まれて初めてカラオケに行った話を聞いた。一人は若い頃に好きだったビートルズ・ナンバーしか歌えず、一人はカンツォーネばかりを朗々と歌い、もう一人は「赤胴鈴之助」のような子どもの頃のテレビの主題歌だけを歌い続けた。三人が「独演会」をしていて、他の人の歌を聴いている余裕などまったくなかったという。そういうものはカラオケとは呼ばない。

カラオケに一緒に行くと、その人がとてもよくわかる。歌の上手・下手ではなく、人間関係の能力のことである。

職業によっては、カラオケに行くことも「仕事」の中に含まれる。が「仕事」に失敗はつきものである。

ある知人が、「仕事」ではじめて行ったカラオケで最初の失敗をした。カラオケにおける失敗とは、自分が歌い出すと、場がシーンと静まり返ることである。感動のためではなく、シラケのためにシーンと盛り下がることである。

自分では「持ち歌」だと思っていたものが、雰囲気を思い切りぎこちないものにする。大急ぎで他の「持ち歌」を選ぶと、またまたシーンとする。

「あの失敗から、自分を知ることに努力に努力を重ねてきましたね」

カラオケは受験勉強や就職活動よりも、自分の能力をよほど思い知らせてくれるものである。カラオケを歌い終わると点数が出る機械があるが、ああいう点数に意味はないと思う。本当の点数は、その場をいかに盛り上げるかであり、それは聞いている人の顔にちゃんと書いてある。

失敗を重ね続けたその知人は、二十年の年月をかけて「カラオケの達人」となった。

カラオケにおいて人は自分が好きな曲を歌ってはならない。自分が好きなものを他人が好きであると信じるのは愚かである。他人を喜ばせるためには、誰もが聞き覚えのある平凡な歌を非凡に歌うことである。

「仕事」で行く以上、人は自分一人の楽しみはさっさと捨てなければならない。

「四字熟語」を読む能力も大事だが、「場の空気」を読む能力は生きる上でもっと大事であろう。自分は、人の反応の中に映し出される。

「持ち歌」より「決め歌」の発見である。

「養老の瀧」の意味

東京都内の特別養護老人ホームで今年（二〇〇六年）一月、九十歳の女性が虐待を受けていたという事件が先日明るみに出た。その虐待が男性職員による性的発言であった分、人を震撼《しんかん》させた。

「施設」を「家」に含めても、未だ「女三界《さんがい》に家なし」である。

人は高度に発達した脳を持つ生き物なので、胎児の状態で子宮から外に生み出され、他の哺乳《ほにゅう》類とは違って生まれてすぐに自力で立つことができない。

この「子宮外胎児期」には、食べ物とオムツの世話をしてくれる人が絶対に必要であり、世話をする人に、そういう世話を苦労と思わせないために、乳児の顔は可愛くデザインされている。

この無力な存在は本当に手がかかるが、「自分は無力でいたいけです」と寝顔に描いてあるから、親はかろうじて子どもを育てられるのである。

自分に「依存」し、自分がいなければ「生存」しえない子どもへの思いが「愛」という名の感情に姿を変える。

「ほっとけないという気持ちが愛」と定義した人がいるが、「依存」と「愛」を厳密に区別することほど難しいことはない。

しかし、子どもはやがてオムツがはずれ、行動の自由を獲得する。「反抗」もはじめる(幼児虐待される子どもに三歳児が多いのは、この「反抗」のせいである)。

「依存」とは「従順」の別名であるから、エゴと言葉を持つようになった子どもが「イヤ」と言ったとき、「愛」は容易に壊れる。親の親たる試練はここから始まる。

それならいっそ「依存」する「従順」な存在のままでいてほしい。

言葉とエゴを持たなかった「絶対的に無力な存在」でいてほしい。親は内心どこかでそう願っている。親が子どもの「成長」と「親離れ」を阻止したいのである。

そうして、人はやがて自分がオムツをする日を迎える。子どもとは違い、老人のオムツには終わりがない。

「養老の瀧《たき》」という民話を、息子が老いた親に若返りの秘薬を見つけてきた親孝行の美談として読むのは、誤読ではないだろうか。

「養老の瀧」の意味するものは、老人の不老長寿の願望に由来するのでもなく、老いた無力な存在が、子どもに無事に養われるための智慧《ちえ》なのである。

その瀧の水を飲むと、親はどんどん若返り、遂には赤ん坊に戻ってしまう。息子が親に、親が乳児にすり替わるのである。

親は瀧の水を飲んでいる限り「可愛い無力な存在」であり、「成長」して息子から「親離れ」されることも、「老化」して息子から厄介視されることもない。なんとよく出来た話であろう。

老いの苦しみは人にとって、普遍のものなのであろう。

鎮静の九月

奇数の月が始まるとき、偶数月の始まりとは違う空気を感じる。清々《すがすが》しさとか鋭角的な何かである。しかし、一月・五月・七月等の初めの日と比べると、九月の場合、そこにさらに寂寥《せきりょう》感が加わっているような気がしてならないのだ。

小学生であれば、前日の夜遅くまで夏休みの宿題に追われていたかもしれない。夏の間に済ませておくことが完了したにせよ未完のままにせよ、九月一日は「夏休み」はもう終わったことを黙って告げている。

大人にとっても、八月は「宿題」の月である。

原爆忌や終戦記念日は、六十余年を経ても、戦争というものを現実に体験した人と、それを聞かされて育った人々に、「宿題」を突きつける。

記憶の底に封印された大きな痛みと亡くなった人たちへの鎮魂の思いを人々が共有するのが、日本では八月なのである。

「戦争」の記憶は、蟬《せみ》しぐれと結びついていると言った人がいた。

蟬がこの世の限りと鳴く季節に戦争は終わり、社会はまったく別のものに変わった。国のために死ぬことを当然のように受け入れ、死ぬことを怖いと思わないようにしてきた人たちが、いきなり「生きよ」と命じられたのだ。

八月に「立秋」の声を聞くと、そこはかとない人生の無常を感じるのは、ひょっとすると昭和二十年以後に、より顕著になったものなのかもしれない。

しかし、「立秋」はあくまで暦の上だけで、まだまだ残暑は続いている。大きな廃墟《はいきょ》を心の中にかかえたまま茫然《ぼうぜん》自失で八月の長い坂を上りきると、そこに九月一日がある。

本格的な秋が来たという季節感の上に、日本では、とにかく社会的事象としての八月が終わったという気持ちがあるのではないか。「宿題」をする月がいったん終わったのだ。

社会は渾沌《こんとん》とし、人心はいまだ虚無の中にあっても、それらとは無関係に「自然」は淡々と移り変わる。「自然」は人間には無関心である。

その無関心な「自然」の変化に気づいたとき、それが一種の救済と感じられる。人間もまた自然界に生を享《う》けた以上、生きるのだ、生きていてもよいのだという赦《ゆる》しのようなものを九月は感得させてくれるのではないだろうか。

秋を寂しい季節と思うのは人間だけである。自然そのものには寂しさも孤独もない。それらはみな、人間の心の投影されたものである。

ジリジリと太陽の焼けつく八月には、日本では敗戦の衝撃で、感情の整理がつかなかった。投影すらできなかったともいえる。その半月後に、人は自分が生者である運命を季節の中に見出した。それが寂寥感である。

八月は「鎮魂」の月、九月は「鎮静」の月である。

よくできた姑

かつての職場で一緒だった人で、結婚してずっと姑《しゅうとめ》と同居し、地方に住んでいる女性がいる。彼女は夫とではなく、姑と結婚したようなものだ。

姑はその家に嫁いだとき、先代の姑に苛《いじ》められたが、忍耐強く仕えた立派な嫁だった。そのことを町で知らぬ人はいなかったという。

「あのお母さんなら、あんたを絶対つらい目にあわさないから」と、母に勧められ、彼女は結婚を決めたのだ。

案の定、姑はよくできた人で、長男の嫁に来た彼女に優しかった。彼女は子どもを二人産んだ後、パートを始めたが、熱心な勤務ぶりが認められ正社員に採用された。

朝は、姑が夫と二人分の弁当を作って送り出してくれる。夕食も準備してくれる。

孫の面倒もよく見てくれたので、子どもはおばあちゃん子に育った。

上の男の子が幼稚園に入り、初の保育参観日。彼女は有給休暇を取って出かけた。息子は、家では明るく素直で、何の問題もない子である。

が、園児たちが共同で段ボールのトンネルや動物園を作り始めると、息子だけが集団から離れ、部屋の隅で絵本を見ていた。先生が声をかけても、仲間に入ることはなかった。

そんなわが子の姿を目の当たりにし、彼女は頭の中が真っ白になった。

「他の子ができる普通のことができない」

「うちの子は、普通ではない」

そう思うと、いてもたってもいられなくなり、そのまま幼稚園の門を出て、泣きながら家に帰った。それは、今まで生きてきた中で一番恐ろしいことだったという。

自分が「普通でない」ということは、まだ耐えられる。が、自分の子が「普通のことができない」ということは、母にとってとてつもなく恐ろしい。家に帰ると、姑の前に座りこみ、涙を流して訴えた。

「おかあさん。あの子は、他の子ができる普通のことができない。あの子は普通でないのかもしれません。どうしたらいいの、おかあさん？」

黙って聴いていた姑は、ゆっくり口を開いた。

「あの子を見てきた私には分かる。あの子は大丈夫や。ちょっと内気なだけなんや。あの子の父親も内気な子やった。何も心配せんでいい。もう泣かんでいいから」と、彼女の背中をさすってくれたという。

姑の言葉を信じようと思った途端、自分の中の憑《つ》き物がストンと落ちた。夫しかいなければ、夫も狼狽《ろうばい》していたかもしれない。

息子は今、親孝行な大学生になっている。

言われたくない言葉

他人に言われて一番いやな言葉とはなんだろうか？

食事をしに店に入ると「お一人様ですか？」と聞かれ、「はい」と答えるときに浴びる視線がいやだと言った人がいる。

「お一人様」という言葉が世の中で一番いやなのだそうである。

お店の人から「この人は一緒に食事をする恋人も友だちもいない孤独な人なのだ」と思われることが。

が、そういう言葉なんかなんとも思わないという人がいる。食事をするのにいちいち誰かを調達している時間なんかない。さっさと食べて仕事をしなければ、文字通り食べていけないからである。「お一人様」で傷つくのは、食べていく心配のない、暇を持ちあわせた恵まれた人である。

その「お一人様は怖くない」人が一番いやな言葉は、別にある。

昔、会社の同僚の男の子が理髪店から戻ってくるとひどく落ち込んでいたことがあって、どうしたのと聞くと、お店の他のお客さんが自分のことを指してお店の人に喋っている声が聞こえたのだという。

「ほら、あそこの小太りの人が…」

「小太り」。自分もそう言われたらどんなにいやだろうと、知人はその男の子に限りなく同情した。

なんでも「小」がつく言葉にはろくなものがないとは思わないか、と尋ねられた。

「小汚い」「小賢《こざか》しい」

もしも人に「あの小太りの小汚い小賢しい人」と言われるぐらいなら、「あの太った汚いアホな人」と言われるほうがよほどマシである。

例外は「小金持ち」という言葉だけである。

たとえ「小」がついても金持ちにはなってみたいからである。

「あの小顔の小金持ちの人」となら言われてみたい。いや、自分でそう思って生きていきたい。

「小太り」は辞書によれば「やや太っていること」をいう。この「やや」が問題なのである。世の中には「痩《や》せたソクラテス」と「太った豚」のほかに、「やや太った人間」がいることを忘れている。

ややまっている、やや汚い、やや賢いという中途半端な自分には耐えることができない。

ドーンと太るか、痩せているか、どちらかの者になりたい。

「小太り」には、男女を問わず、言われた者を打ちのめす効果がある。

鷹揚《おうよう》な性格でもなく、屹立《きつりつ》した精神でもなく、「凡庸《ぼんよう》」で「弛緩《しかん》」した存在と思われることが一番許せないのだろう。

「いつも一人では店に来ない、あの小太りの小物」より、「痩せたお一人様」になりたい。

そう友人は断言する。

ダイエットするには、もっともな理由がある。

「お一人様」がなにほどのものであるというのだろうか。

偉大なる恩師

小学六年のとき、奇妙なことを私は母に言ったらしい。担任のT先生(男性)のことである。

「T先生とお父さんと、どっちが私のお父さんなのか分からなくなってきた」

母は一瞬ポカンとし、笑いながら頷《うなず》いた。

「一日の中でT先生と一緒にいる時間の方がずっと長いから、そういうこともあるかもしれない」

が、父はいきなり怒り出した。

「お父さんは、僕だ」

どちらが本物のお父さんなのか、頭では分かっている。しかし、T先生は五年生から持ち上がりの担任だった。二年近く毎日のようにその姿を眺め、声を聞いているうちに、「この先生がお父さん」という感覚がどんどん強まってきて、そのことが子どもの自分にも不思議でならなかった。

それほど先生の影響力が強かったということだろう。先生の言うことは「絶対」だし、先生は間違ったことは言わないのである。

そのすぐあとの父親参観の日、今まで来たことのない父が来た。先生は専門の「算数」の授業をされた。父も学生時代、「数学」をアルバイトで教えていた経験がある。

父は、私よりも真剣に先生の授業を聞いて帰っていった。

「あんなうまい授業をする先生はいない。完璧《かんぺき》な授業を見た」。父は素直に負けを認めた。

ある日、「社会」の時間に、T先生はこう言われた。

「きみたちが生きている間に、また世界大戦が起こります」

教室に「えー」という声が上がった。

「嘘《うそ》でしょ?」と、誰かが叫んだ。

「いえ、必ず戦争は起こります」と、先生は静かに反復され、なぜかその理由は言われなかった。

夜、その話を両親にした。

「本当に先生はそう言われたのか?」

「ウン」

両親はシンとして、互いに顔を見つめあった。

「戦争は本当に嫌だけど、先生が言われたのなら、そうなるかもしれない」

両親は子どもの前で、先生を批判してはいけないと思ったのかもしれない。が、それよりも、自分たちの中にある不安を先生に言語化され、それを否定することは現実的でないと思ったのだろう。「先生は生徒を脅すために言われたのではない」と。

その日の夕食は鰻《うなぎ》だったことを覚えている。私は鰻が好きなのに、途中で食べられなくなってしまったからである。

先生と両親から、世界には「絶望」というものがありえると教わった。根拠のない「希望」を教わるより、苦しいが正しかったと思っている。

漱石の結婚観

高名な作家が亡くなると、その妻がその作家の私生活を追想として本に書くということはしばしばあることである。編集者が出版を勧めるのであろう。

中には「この作家にしてこの妻あり」と思わせるような才能のある妻たちがいる。あるいは、世間では「悪妻」といわれていたが、実はなかなかそうではなく、陰でいろいろ忍耐していたのだと同情してしまう妻もある。

前者の最たるものが、ドストエフスキーと小泉八雲の夫人であり、後者の代表が夏目漱石の夫人である、と私は思う。

それでも、作家にとって一番いいのは、妻が何も書かないことである。

中には、作家の子どもが、「亡き父は」とか「亡き母は家庭ではこうでした」という、作家の愛読者にとってあまり知りたくもない事実を書いてしまうということがある。作家は子どもを持たないのが一番いいのではないかと思う。

さて、夏目漱石の夫人による『漱石の思い出』は、夫と妻では同じ経験をしても、受け止め方がここまで違うのかと感心させられる本である。

が、その中で夫婦が珍しく、同じことに同じ感慨を持って受け止めたという話がある。いわゆる「修善寺の大患」のあと、漱石の主治医だった森成医師が結婚する話である。独身だった森成医師は、郷里である越後高田に帰って開業することになった。郷里の父親は、息子が開業する家も、息子の奥さんもほぼ決めて待ちかねているのである。

その奥さんは、伯父《おじ》が世話した人で、森成医師は「何もかも僕の望みとは反対の女房ですよ」と、笑って告げている。すなわち顔の問題である。

が、伯父は嫁を選ぶのに顔や器量がどうのというのは不心得千万であり、家柄や心がけで見立ててきた奥さんがいやだというなら、自分は腹を切ってでも（先方に）申し訳をたてねばならないという剣幕である。まさか伯父に切腹させるわけにはいかないからと、森成医師は結婚することを決めるのである。

そうして郷里に帰ることになった森成医師の送別会を開くことを妻が発案したことに、

漱石はいたく喜んでいる。

昔の人は伯父が見立てた女性と、たとえ自分の望んでいたような女性ではなくても結婚した。また漱石も夫人も結婚とはそういうものだと納得しているようなのである。

そもそも伯父が「見立てる」ということは、成熟した大人の目から見て、甥《おい》の伴侶《はんりょ》として相応《ふさわ》しいという判断である。これは双方にとって、最初から断れない結婚である。

百年前の話であるが、現在でも本人が自由に「理想」を追うと「結婚相手」には巡り合えない。

晩婚化になったのは、日本中の伯父が「切腹」しなくなったからである。

逃れられなかった死の影

『エッセンス・オブ・久坂葉子』（早川茉莉編）

久坂葉子《くさかようこ》は知る人ぞ知る作家である。

本名、川崎澄子。神戸に生まれた。父方の曾祖父《そうそふ》は川崎造船所（現・川崎重工業）の創立者。母方の曾祖父は旧加賀藩主・前田公爵。

昭和二十五年、十九歳の時、同人誌『ＶＩＫＩＮＧ』に書いた四作目の小説「落ちてゆく世界」を改題した「ドミノのお告げ」が『作品』に掲載され、芥川賞候補となった。

相愛女専音楽部ピアノ科を中退しているが、自分はむら気であると認めている。

そして、昭和二十七年十二月三十一日、阪急電車「六甲」駅で三宮発梅田行き特急電車に身を投げて死んだ。二十一歳だった。

作品集・詩集・書簡集は既に出ているが、生前には単行本は一冊も出なかった。死の一カ月前に書いた「久坂葉子の誕生と死亡」には「私は決心した。久坂葉子を葬ろう」とある。

「どうして、苦しんでまでして書かなきゃならないのか、もう私は意地をはるのをよそう」

意地とは家族を見返したいという意地である。

死の当日の朝までかけて書かれた「幾度目かの最期」は、公表を予定して書かれたものであるが、急いで書かれたため文章の推敲《すいこう》もなされてはおらず、記憶違いも多くあるが、そこには家庭内の問題も書かれている。

「才能もないのに」小説家になることなど父は認めない。小説家になっても「稿料の入らない」娘を父は認めない。幸田露伴を読めと言う父は、幸田文のような女性しか認めない。

また、父は「一中・一高・東大」を出なければ男ではないと考える人でもあった。兄もまた劣等感に苦しめられ、葉子に訴えている。

母の愛も実感したことのない葉子は、だから恋にのめりこむのだが、その相手とではなく、好きでもない相手と結婚契約をしてしまう。

「私の未来にはきっときっとおそろしいものがよこたわっている気がしてならない」と、十六歳のときに書いている。久坂葉子の思考の至るところに死が顔を出しており、その予言を避け難い宿命にして死んでいくところは現代に通じるものがある。「女性の自殺の最大の原因は、発狂への恐怖である」（フロイト）。

ツルムラサキのおばあさん

ツルムラサキという植物がある。夏から秋にかけて小花を穂のようにつける。切り花にもされるが、食用にもなる。

去年のことである。神田川沿いに住む友人が深夜に帰宅すると、マンションのドアを入った郵便受けの前に一人のおばあさんが横たわっていた。八十歳を過ぎている。ドアは二重になっていて、郵便受けのある場所には誰でも入れるのである。

朝晩が寒くなりはじめた頃で、風の強い晩だった。

気分でも悪いのだろうかと、友人はおばあさんに声をかけてみた。

すると、おばあさんは、自分のアパートはすぐ近くにあるが、夜が明けて温かくなるまでここで少し休ませてもらっているのだと答えた。

「こんなところでは、身体が冷えるでしょう。ウチで休めばいいですよ」

友人は「女が東京で一人暮らしをするのは怖いね」と普段から口にしている。お風呂に入っているときに誰かが侵入してくるのを想像するのが一番怖いのだという。その友人が、自分の家におばあさんを迎え入れ、夜が明けるまでその身の上話を聴いた。

そのおばあさんも一人暮らしで、築地の中央卸売市場に掃除の仕事に行っている。そこから帰る途中で風がきつくなり、そのマンションの玄関で休んでいたという。

その当時、友人には悩みがあった。部屋の天井が汚れていて掃除をしたいのだが、それをする時間がない。夜寝る前に天井を見てはなんとかしなければと焦るのである。

何気なくその話をすると、おばあさんは言った。「私の大得意は天井を拭《ふ》くことなんだわ」

友人は、天井掃除を依頼し、その日にちと報酬をすぐに決めた。おばあさんは休ませてもらったお礼にと金額を自ら引き下げた。

朝になると、おばあさんは自分の家には電話がないが、しょっちゅう中野の友だちの家でご飯を食べるから、そこに連絡してほしいと、電話番号を紙に書いた。

帰り際に「これは築地の市場に行けばいくらでも落ちているから、あんたにあげる」

と、紙で包んだツルムラサキの束を友人にくれた。

すぐ後に、友人は中野に電話をしてみた。

「ちょうど今、ここにいるよ。一緒にご飯を食べているところだよ」と、そこの人はおばあさんに代わってくれた。

自宅だけではなく会社の天井も掃除してもらえないかと友人は言ってみた。

おばあさんは友人の家と会社の天井をピカピカにしてくれた。

玄関に見知らぬおばあさんが寝ていたら自宅に入れる思いやりがあるだろうか。多分私にはない。

「人生の坂を登るのはね、みんなきついんだよ」と、友人はツルムラサキのお浸《ひた》しを私に出しながら言った。

いじめはなくならない

「いじめは絶対なくなりませんね」

精神的にとてもタフな友人が、夕食をとっていたとき断言するのである。

普段は自分の意見を控え、どんな話題にも上手に相槌《あいづち》を打つのだが、話題がいじめになったときに、いきなり話し始めたのである。

「新聞でいじめはよくないと子どもに語っている有識者がいるじゃないですか？　あんなことは、私は信じません。いじめは集団がある限り、なくなることはありませんよ」

ゲートボールをする高齢者の間にもいじめは存在する。人間の中には「悪」というものが確かに存在する。仲間から嫌われないように気を配って生きるのは当然のことだというのである。

彼女は、「いじめ普遍説」の理由をこう語った。

この社会は他人と自分を比較する社会であり、万人が平等であるというような社会は理念が過剰な分、よけい陰湿ないじめを招き寄せる。すべての他人と自分が同じであるなどと人間に思えるはずがない。誰かは自分より優れており、誰かは自分より劣っている。そういうことに人間は必ず気がつくものである。

「その時、自分より優れた人間に好かれようとするのは自然なことです。そして、自分より劣った人間と距離を置こうとするのも当然のことではないですか」

かつて、日本の軍隊にいじめは横行していた。軍隊では、新兵にはそれ以前の社会階級意識を捨てさせなければならない。軍隊内での上級兵と下級兵とは、外部の序列とは違う「新しい序列」である。そこでは、外部は虚妄である。軍隊を肯定はしないが、そこに一種の既成価値の破壊作用はあったことは認める。

会社は軍隊である。そこに入るまで個人が持っている自己幻想を叩き壊すところである。東大を出ているから自分は偉いということはありえない。

彼女は会社で最初に営業の仕事をしたとき、仕事と学歴には何の関係もないことを思い知った。

しかし高学歴の人は、この社会が平等であると思いこんでいる。だから、「新しい序列」に適応できない。働くということは、本当に優秀な人を自分で見つけるということである。

「自分より優秀な人に従順にならないで、他にどうやって生きられるんでしょう？」

学校でのいじめを文部科学大臣に直訴するのは、軍隊でのいじめを当時の陸軍大臣に直訴するようなものであると、彼女は言うのである。

「本当に強い人は、誰もいじめないんですね」

いじめのない社会の実現は無理だと思う。

彼女は、いじめに平然として生きる上で、若い時の苦労はとても役に立った。よくぞ会社で「営業」を経験したものだと、いつも運命に感謝するのだそうである。

トラウマが育てるもの

鎌倉仏教の祖には孤児であった人が多かったことについて、私の恩師が言われたことがある。

「孤児になることは早くに家出を余儀なくされることであり、家出と出家は同じことなのです」

鎌倉以降も、親のない子はしばしばお寺にやられた。「家」というものが、親戚《しんせき》の子どもを抱え込めるほど実は機能していなかったということであろう。お寺に行けば教育を受けさせてもらえるし、職業も与えられる。現在の児童養護施設にはない利点である。

「トラウマ（心的外傷）臨床」という名の学問がある。が、昔の人は「トラウマ」という言葉をもちろん知らなかった。

そもそも自ら「出家」するような人は、世間は虚妄であるという思いに捉われているのであろうが、それはやはりトラウマである。西行もそうだったように。

お寺が山にある場合には森の樹木が発する生気によって、孤児たちは自らの精神性と向き合うことができた。そこで子どもは「集中」ということを覚える。牛若丸のように。

親と既に別れを体験した子どもたちは「愛別離苦」という言葉を通して、人間の苦悩が普遍のものであることも知るだろう。親と死別した子どもたちはそうでない子どもより精神発達が早くなる。そのことを「トラウマ臨床」研究者は指摘している。

他の子が五歳で知ることを四歳で、十歳で知ることを八歳でというふうに「到達」が早くなるのである。単なる知的発達ではなく、自分の置かれた状況に敏感になり、信頼できる人を見きわめ、その人の指導に忠実になろうとする「知情意」の総体の発達である。

絶対安心の境地を求めることと、親がいないことに関係がないはずがない。

絶対者への希求があるから「帰依」するのである。

孤児になることは、即不幸ではない。

当事者による当事者のための教育と生活の場がなくなったことの方がよほど不幸なのである。

のどに刺さった小骨

結婚をした理由に「実家を出たかったから」を挙げる女性が、四十代後半より上の人にはかなりの比率で存在する。

「母がうるさいことに耐えられなかった」

帰りが遅くなると最寄りの駅で立って待っている母に改札口でいきなり頬を平手打ちされた人がいる。娘が深夜に帰宅すると半狂乱になり、どこに行っていたのか、誰と何をしていたのかを問い詰め、なんと答えても「そういう娘は世間の恥晒《さら》し」とモノを投げつけられたという人もいた。母親には娘の結婚が「のどに刺さった小骨のように」ひっかかっている。

母は「結婚」というものの中にいるが、娘はそれの外にいる。そして、父と息子はそうはならないのに、その一点で母と娘は敵対してしまう。

母親と距離を置くには、とりあえず結婚するという合法的家出の道がある。夫は母と違って干渉はしない。そういう人をちゃんと選びさえすれば。結婚は、自分が初めて得た「自由」な生活である。

しかしそういう人も、娘を産み育てていく過程で、自分も自分の母と同じではないのかという不安に襲われるようになる。

ある主婦が、娘の「保護者＝指導者」の立場に置かれ、娘のお手本としてふるまうべきだと感じていることが、母親の大変さの大部分を占めていると語った。

子どもを邪魔に感じたり負担に思ったりすることはあっても、それを口にしてはいけない。

「愛情を実際より多めに演じなければならないという意識が大変なのです」

父親と違って「会社」という逃げ場のない専業主婦の母親は一日中家にいるので、子どもの前で「気を抜く時」がない。心身ともに疲れた時にも「〜しなければならない」と感じている。

ある日、小学二年の娘が、「私はお母さんのように洋裁が好きではないし、お料理も上手にできるとは思わないから、お母さんにはなれないと思う」と呟いた言葉にハッとした母親がいた。

娘は、お母さんのようになれないなら、どう生きていったらよいのか分からないとずっと不安に怯《おび》えていたのである。

これからは、子どもの前で「私のように、家族のために自分の時間を犠牲にする道を選ばなくていいのよ。あなたも好きな人生を生きていいのよ」と伝えてやりたい。

それからは、お手本に固執するのではなく、本音を見せるようにした。

そうすると今度は下の娘に「お母さんは、私より自分の方が大事なの？」と言われ、後ろ髪を引かれるように苦しいのだという。

占い師を占う

街を歩いている人を呼び止めて占いをする人がいる。声をかけられた場合、時間が許せば喜んで観《み》てもらうようにしている。占い以上に、「勧誘占い」をする人に興味があるからである。

そういう人は手相を観ながら、質問をしてくる。

「今、何をしてらっしゃるの?」

「手相を観てもらっています」

「お仕事はしてらっしゃるの?」

「今日は仕事をしていないから、こうやって街に出てきているんです」

「なんのお仕事?」

「手相に出てないんですか？」

そのへんで占い師の表情は変わっていく。悪いやつに引っかかったと思っているらしい。私としては、こちらから何も喋らなくとも手相だけで人のことを当ててもらいたいだけなのである。

「今、何か心配ごとがありませんか？」

「こうやってあなたが占いをしている。そういう世の中が心配です」

「は？」

「私には占いができましてね。あなたの運勢が気になって仕方ないんですよ。あなたには今、すごく大きな心配ごとがありますね」

「分かりますか？」

「精神的な悩みを抱えておられます。経済的にも不安ですね。でも、こういうことを続けていると、もっと悪いことが起こりますよ」

「え、何が起こるんですか？」

「離婚するとか」

「ええ！　どうしたら離婚しないですみますか？」

「あなたは、なんというお名前ですか？」

鞄《かばん》からノートとボールペンを出して、大きな字でその人は名前を書く。

「あの、以前はなんのお仕事をされていましたか？」

それで、渋谷の駅にいる「勧誘占い師」の人生について相談に乗り、一度仕事に遅刻したことがある。「勧誘占い師」になる人の価値観と悩みはみな同じである。

家にいるとセールスの電話が頻繁にかかってくる。仕事中だと切ってしまうが、暇なときには長く話を聞く。

中年の女性から「金《きん》をお買いになりませんか？」という電話がかかってきた。

「金は重いから私は嫌いなんです。それより、荷物にならないものを売ってくださいよ」

そうして、その人が毎日こうやってセールスの電話をしている家庭の事情について長々と聞く。どうせ電話代は会社持ちである。

電話を切るとき、「自分のことを聞いてもらってスッキリしました」と言われると、上司に叱られないかと心配もする。

セールスの同じ電話を毎日かけ続けることがストレスであることには想像以上のものがあるらしい。

九十三回転居した人

世の中には頻繁に転居する人がいる。今まで三十五回引っ越しをしたという人を知っている。転勤とかではない。自分で家を変えたくて転居するのである。

「葛飾北斎は生涯に九十三回引っ越しをした」と知り、その理由が知りたくて、『画狂人北斎』（瀬木慎一著・講談社現代新書）を読んだ。

北斎は明治維新の十八年前に亡くなっている。その生活ぶりは、明治まで生き残った多くの知人が証言したものである。

それによると、晩年の北斎は破れた衣を着て布団を肩にかけ、食べ物を包んであった竹の皮などを取り散らかし、飯櫃《めしびつ》や板を机にして、離婚して戻ってきた娘の阿栄とともに塵《じん》埃《あい》の中で絵を描き続けていたという。そして家の汚さが極限になるとゴミの山から逃げ出すように転居した。

若い頃は人並みに芝居を見たり算盤《そろばん》の稽古《けいこ》をしたり社交もしていたが、最初の妻を失い次の妻も失ってからは、道で人に会っても話をするのも嫌がるようになった。強固な身分社会ではあくまで一介の町絵師にすぎない。そして日々絵筆をとり、仕事に疲れれば眠り、起きればまた描くという極端な生活を娘と送った。

絶頂期の仕事となる「富嶽《ふがく》百景」を刊行したあとの七十五歳に既に五十六回転居していたというが、それからさらに三十七回も転居していることになる。

転居をよくする人は旅行もよくする。同じ場所にいるのが、耐えがたい思いもあったのであろう。

北斎は名古屋が気に入って、「名古屋は死に場所だ」と言っていた。が、結局江戸で娘と晩年を貧窮のうちに送った。娘の阿栄も変わった人で、部屋を片付けたり食事を作ったりすることなく、父とともに画作に没頭していたらしい。食事は近所の店から取り寄せ、食べ物を人から貰《もら》っても皿に移さず直接手で食べ、お茶すら入れなかった。

北斎はそれほど絵に打ち込んでも、自分は未だ意のままには「猫一匹描くことはできない」と落涙したとある。

思うに転居というのは、不完全な自分からの脱皮の希望でもある。家が変わればもっといい絵が描けるという思いがあるのだ。一日に三回引っ越したこともあるというから、どんな家でもよいというわけではなかった。粗食で不規則な生活にもかかわらず、北斎は奔放な気性と頑健な身体ゆえ長寿を保った。

が、「老病」に入り、九十歳で最期を悟った。大息して「天が我にあと五年の命をくれれば真正の画工となることができるだろう」と言い終わって死んだ。嘉永二年四月十八日。

七年後、転居の画家北斎は日本ではなくパリで、印象派に大きな衝撃を与える。

晩年は「命さえあれば」と願っていた。死の前には、転居の欲望も消滅するようである。

友だちの多い人

日本の学校では児童が給食を食べる時、「一斉」に開始し、食べるのが遅い児童には「給食指導」というものがなされる。

しかし、中国の北京の幼稚園では、食事に時間がかかると分かっている子どもから先に給食を食べさせ、食べるのが早い子にはわざと遅れて給食を配る。そういうビデオを北京の幼稚園で撮影してきた人に見せてもらった。

個人差を考慮して、食べ終わる時間がほぼ同時になるようにする発想はきわめて合理的である。

が、そういうことを日本で実施するとなると、みんなで同時に「いただきます」が言えなくなる。何もかも「一斉」にスタートすることと、「個人差」を考慮することを両立するのは、給食一つとってもきわめて難しい。

大人の飲み会でも全員に飲み物が行き渡ったときに「乾杯」をする。自らはお酒を飲めないのに酒席に加わり、お酒を飲む人たちにあわせてウーロン茶とかノン・アルコールで、人はやはり「乾杯」をする。ウーロン茶はそういう人のためにメニューに加えてあるとさえ思われる。

アルコールの出るパーティーと、出ないパーティーに分かれているのではなく、どちらも共存する宴会、そして二次会、三次会と流れていく飲み会というのは日本独自のものらしい。

「一斉」に始まるが「一斉」には終わらず、三々五々散会していくのは、「ビジネス」のためではなく、「社交」のためでもなく、「親睦《しんぼく》」のためである。

学校の教員は今でも四月には「歓迎会」、三月には「送別会」、そして「新年会」「忘年会」を開く。アメリカで働いていた人は、そういう宴会をするのは日本の組織や会社だけで、アメリカでは「ある日、会社に行けば隣の人が消えていた（辞めていた）というのは当たり前のことですよ。事前に同僚にもなんの通告もしませんよ」と、日本人のセンチメンタルさに感心していた。

日本人はセンチメンタルなのではなく、みんなと同じ行事に参加しなければならないという責任感と忍耐力をまだ持っているのである。

飲まない人も時間が許す限りつきあい、酔っている人の話に相槌《あいづち》を打つ。飲めないのにちゃんとつきあう人がいる。

「最後までつきあうために、唇を湿らすようにウーロン茶を飲むんです」と言った人がいる。死に水か花嫁の三三九度のようなものだが、それはもう「芸」である。

「つきあう」というのは、「他人への義理を立てて、まげて事を共にする」という意味である。

日本人で友だちの多い人というのは、「遅い終電」と「タクシー代」のある限り、「芸」を磨いて自分を曲げながら、しかもそう見せない人のことをいうのだと思う。

店長という働き方

アルバイトをしていない学生というのは、今どき少数派である。

「大学生活で一番有意義だったことは何か?」という質問に「アルバイト」と即答する学生も大勢いる。大学の講義はバイト以上に有意義とは限らない。確かに社会の中で労働を経験し、賃金を貰い、職場で社会人と接してきたのだから、これに勝る「社会勉強」はない。

しかし、バイトをしてきた多くの学生がそこで「勉強」してきたことに、ある時期から共通点が見られるようになった。

一つは、外食チェーンのレストランなどで接客のバイトをした学生(男女を問わない)であるが、子ども連れの母親たちのマナーの悪さを目の当たりにすることである。

子どもが店の中で大声を出したり走り回ったりしても、親はなぜ叱らないのか。自分たちには、そういう子どもたちを注意することが許されない。「お客さまは神様」であることは、どこかおかしい。

それに子どもは平気で食べ残しをする。お皿を下げる時にいつもむなしい気分になる。残すのなら、最初から注文しなければいいのだ。

自分が親になった時には、子どもに公共の場でのマナーはしっかりと教えたい。そして、社会人になったらレストランに就職したくないという「勉強」をしてくる。

二つ目は、学生たちはいわば「パート・タイマー」なのであるが、卒業してからも、そのほうがいいという感想である。

「正社員」にはなりたくない。自分にはそういう「自信」がない。

レストランでもスーパーでも、自分たちは時間がくれば帰れるが、正社員である店長は、自分たちが帰ったあとにも遅くまで残っているし、自分たちが店に行った時には既に出勤している。最初から最後まで責任を負って一人で働く店長を見ると、「この人は一体いつ眠っているのか」と怖くなるのだという。おまけに、店長は大学を出ているのだという。

「私生活」というものがない正社員という働き方。自分にはそういうことはできない。そこまでして働く「自信」がない。いや、いったんそういう生活に入ると、自分の何かを殺さない限り二度とそこから出られないような気がするのである。

「しかも、私たちのようにミスばかりするバイト学生にも気をつかって叱れないいんですよ」

それは超人的な仕事である。

そういう現場を見てきたのに、いざ就職活動に前向きに取り組めと大学にハッパをかけられても、求人はそういうものばかりである。「アルバイト」をしたからこそ、そういう仕事に向かないことを学生たちは痛感する。

学生に「奉仕活動」を義務づけると、福祉現場で働く人は逆に減るだろうと思う。

あっぱれな「財界での敗者」

『ポスト消費社会のゆくえ』（辻井喬・上野千鶴子）

日本の戦後消費社会を先導したセゾングループが経営破綻した時、引退したはずの堤清二が個人資産百億円を提供して清算処理に至った事実はよく知られている。

本書は、セゾンが一世を風靡《ふうび》した頃に、その社史を書く仕事を喜んで引き受けた社会学者上野千鶴子が、堤清二とセゾンの失敗をテーマに語り尽くすことを目的とした対談である。堤清二は、上野氏が『シリーズ・セゾン』編集委員の一員であったため安心感があったから対談を引き受けたのだと、あとがきに記している。

が、内容は上野による「財界での敗者」堤清二への批判であり、堤はまな板の上の鯉《こい》状態である。

堤清二は二十七歳にして西武百貨店に入社した。一時は共産党員だった清二には、父親の後継者として政治家になるという道はなく、他に行くあてもなかったという。いわば長いモラトリアムの先にあてがわれたのが、池袋西武百貨店の経営だった。まず労働組合を作るという、経営者としては非常識なことから百貨店の近代化に着手し、やがて渋谷に進出。渋谷というユニークな土地柄を利用して「商品を売る百貨店から空間を売るテナント業へ」の業種転換を行なった。パルコの創業である。そして、セゾンとパルコが支配する広告の黄金時代がやってきた。広告によって売られるのは商品ではなくイメージである。広告のための広告というのは、虚業の中の虚業である。この時、既に企業として「死の衝動」はあったように見受けられる。

バブル崩壊を予測していたエコノミストはいないと、上野は堤の責任を否定する。が、「セゾンの失敗」の四つのシナリオを描いた上野は、その中に堤清二の経営責任とそのパーソナリティを挙げている。

もっとも、堤清二がグループの独裁者であったことを認めると、上野は「市場に民主主義はあっても、企業の経営に民主主義がないのは当然」「企業は軍隊」と堤を擁護する。上野のスタンスは女性ゆえにぶれておらず、むしろ堤に一貫性がある。

セゾングループの傘下にいた役員たちが、自ら責任を認めて職を退き、市井の人として現在黙々と生きていることを語る時の、八十一歳になった堤の言がよい。

百年に一度の女優

近所の映画館に林芙美子原作の「浮雲」を見に行った。同時上映されていたのが幸田文原作の「流れる」という映画であるが、そちらの方に惹《ひ》きこまれてしまった。主役ではないが重要な役で出ている田中絹代の演技のせいである。

カンヌ映画祭で日本人女性監督がグランプリをとった映画をテレビで見てからというもの、昔ベネチア映画祭で国際賞をとった田中絹代主演の「西鶴一代女」をまた見たい、いや改めて見直したいという気持ちが強まっていくのを感じていた。

「流れる」に田中絹代が出演しているという知識もなく見たので、こんなにありがたいことがあっていいのだろうかと手を合わせたい気持ちになった。

映画が終わると、大学生らしい他の観客も「流れる」の当時のパンフの掲示の前に集まり、田中絹代の寄せた短い文章を食い入るように眺めている。「この人は一体誰だろう」という驚異を感じているのが、横にいる私にまで伝わってくるのである。

一九七六年、テレビの「東芝日曜劇場」で倉本聰脚本の「幻の町」という単発ドラマを見た。そこに田中絹代が出ていることを、私も意識していなかったと思う。が、老夫婦が埠頭《ふとう》から消えるシーンを見終わると、とどめを刺されたという感動で叫びだしたくなった。これが芸というものなのか。

国際的な賞とかなんとかいう権威とは関係なく、芸は身長一四九センチの身体の中に実在して、それが淡々としつつも真に迫った表現をする。

田中絹代はこのドラマに出演してから体調を崩し、ナレーションの仕事はしても、もう演技はしていない。六十六歳の時である。

当時はビデオもなかったので、ドラマがその場で消えていくのも当たり前のことだった。「幻の町」は、「幻のドラマ」である。

田中絹代は山口県下関市に一九〇九（明治四十二）年に生まれている。

下関出身の人によれば、下関は異国の人のたくさんいるエキゾチックな町。長崎とはまた違うとても魅力的な町だそうである。

しかし、父を亡くして七歳で大阪市天王寺に転居している。天王寺小学校に編入はしているが、琵琶《びわ》少女歌劇に入って舞台に立ち、学校には行っていない。下関と大阪と仕事それ自体が田中絹代をつくったのである。

田中絹代は「百年に一度の女優」と呼ばれている。

「幻の町」の翌年、田中絹代は脳腫瘍《しゅよう》で亡くなる。「目が見えなくなってもやれる役があるだろうか」と心配しながら。

女優に幸福な人生を送った人は少ない。どこの国でもどの時代でも同じだと思っている。自ら望んでなるものではない。

十年連用日記

何度も日記を書こうと思ったが、三日坊主どころか一日でやめてしまうことが多かった。何年かしてまた書き始めるが、すぐに挫折する。その繰り返しだった。

小学生の絵日記を夏休みの宿題として強制されたから日記嫌いになったのかもしれない。と、学校のせいにもしていた。

日記をずっと書き続ける人は本当に偉い。そういう話を、日記を続けているという人にした。

すると、「日記を開くのが楽しみになる日記があります。人生は自分で自分の喜びをつくりだすものなんですよ」といって取り寄せてくれたのが「十年連用日記」である。

最初の年だけ、とにかく一行でもいいから書くこと。すると、二年目、三年目と、年を追うごとに日記を開くのが楽しみになって書かずにはいられなくなる、と勧められた。一日分が十年分縦に並んでいる分厚い日記。その人の予言どおり、八年間日記は続いている。

一日の欄は四行しかないのでさっさとそれを書いてしまうと、同じ日にちの七年前から去年までに書いたことを上から順に読む。書いているより読んでいる時間の方がはるかに長い。

同じ日の日記を毎年それと同じ日に飽きずに読んでいることになる。

しかし、内容はいつもほとんど変わらない。

朝はワイドショーを見るために起きて、夜までずっとテレビの前にいた。

猫缶の空き缶をくわえて部屋の中を走りまわる猫に困りはてる。

乗ったタクシーの運転手さんの名前が、タクシーに乗る前に分かった。

デパートに服を買いに行ったが「何をお探しですか?」と聞かれ、何も買えなかった。

読み直してみても何年も同じつまらない内容なのである。海外に行って旅日記など書く人には心底憧れる。自分にはとてもできないことだからである。成田空港にすら私は辿《たど》り着けないと思う。

そういうつまらない日記なら書く必要がないのだが、その日に会った人が言ったことを日記に書いていることがあって、その言葉の意味があとになって突然分かることがある。人間の心のニュアンスや隠された意図というものに、何年後かに日記の上で気づくと、点と点が繋《つな》がって、風景が変わり、アッと声をあげそうになる。

自分自身の生活ではなく、人がその日に私に残した言葉だけを箴言《しんげん》集のように残しておきたいのだが、毎日人に会うわけではないので難しい。

それでも、日記がなければ私は自分の人生を日々記憶することはできないだろう。記憶できないものは、少なくとも私のようなものにとって存在しないに等しい。「十年連用日記」をくれた人には本当に感謝しつつ、一日を終えている。

町で一番偉い夫

仕事で、四国の山あいの町に行った。吉野川を挟む小さな盆地は、以前は煙草《たばこ》工場で賑《にぎわ》っていたそうだが、工場が撤退したあとは地場産業もなく、若い人たちは仕事を求めて都会に出てしまい、残っているのは六十代から九十代までの高齢者ばかりである。

収入源は国民年金だけで、足りない分は畑で野菜を作り、半自給自足のつましい生活を送っている。老人たちは、互いに緊密に連絡を取り合い、助け合って暮らしている。車の運転ができない人は誰かに郵便局まで連れて行ってもらって年金を受け取るのだ。

最近、その町の女性たちに共通の生き甲斐《がい》ができた。「ヨン様」である。

「用事があるなら、乗せていってやるから」と車でしょっちゅう訪ねてくれる世話好きな知り合いに、ある日、こわごわこう聞いたおばあさんがいたそうである。

「主人がおるのに、ヨン様を見ると胸がドキドキするんじゃ。こんな気持ちになってもええんじゃろうか？」

「心の中の不倫」である。

聞かれた人は「大丈夫。心配せんでも罪にはならん」と答えた。そこまで好きならと、その世話好きな若い人（といっても六十代）が韓国・ヨン様名所巡りツアーを企画したらすぐに定員がいっぱいになり、生まれてはじめておばあさんたちは海外に行った。

行ってみると、ヨン様は日本に行っていて、韓国にはいないという。すれ違いだったのだ。

で、捲土重来《けんどちょうらい》でもう一回韓国ツアーを企画したら、またいっぱいになり、今度こそと期待して行ってみたら、ヨン様はヨーロッパに行っていて、やっぱり韓国にはいなかったという。

「それは残念でしたね」と慰めたら、意外な返事が返ってきた。「ナマで会ったらバチがあたるかもしれんし、ヨン様にも休養は必要じゃ」

高齢の町でも、ヨン様の話になるとみんな少女の心に戻り、会話が途切れることがない。地元の神社の祭りはすたれても、新しい神様が大陸から渡来したようなものである。

「なんでここまで好きなのか、自分でもわからん」「娘時代に佐田啓二が好きだったのと同じ気持ちなのでは?」「そうじゃ、そうじゃ」とみんなが一斉に声を上げた。

憧れの人を一途《いちず》に思い続ける気持ちは、いくら年をとっても消えることはない。むしろ、年をとればとるほど強くなるものらしい。

問題は、生きていて毎日三回もご飯を食べる夫である。妻がヨン様を見はじめると、「メシの時間じゃ」とも言わず、妻をそっと一人にしてくれる夫が、町では「一番偉い夫じゃ」そうである。

地震と古老の話

大阪の実家で暮らしていた昨年のことである。近所の歯医者さんに行ったら、隣のブースで患者であるおじいさんが大声で話をしている。歯科の治療中にずっと喋っているというのも妙なものだが、先生は入れ歯の修正でもしていたらしい。

私は治療用の椅子に座って順番を待ちながら聴くともなく聴いていた。

「先生、すぐそこに新稲（にいな）という土地があるでしょう。あれは稲（いな）という地名の新田のことですよ。稲という名前はね、猪名川（いながわ）の猪名と同じで、伊那国の伊那ですわ」

先生は、「へぇ、そうなんですか」と気のない返事をした。稲と猪名と伊那が同じ音であることに今まで気づかなかった自分に私は驚いた。

「呉羽（くれは）という地名もすぐそこにあるでしょう。あれは中国の呉（ご）の人が渡来してね、あそこで機（はた）を織ったんですよ。呉服という言葉はそこから来てる」

「そうなんですか」

先生はまた何の関心もないような返事をした。呉羽には三十年前まで広い桑畑があったのである。私はおじいさんと話がしたくてたまらなくなった。先生の反応のなさに、おじいさんもイライラしているようである。

「先生、関東大震災と阪神大震災は、どちらも亥《い》年だったんですよ。来年は亥年だから、大阪に大地震が来ますよ」

いきなり先生は多弁になった。そこの歯医者はピカピカの新築である。

「うちは十分な耐震設計をしてありましてね。そのために建築費のローンが大変なんですよ。地面をどれほど掘ったと思います？　でも、どんな地震が来てもこの建物は絶対大丈夫と建築士さんが言ってくれましてね」

「先生は甘いね」

おじいさんは、せせら笑った。

「阪神大震災の次には有馬・高槻《たかつき》活断層が動くんですわ。そうなったら、どんな耐震設計でも無駄ですね。この間の地震ではびくともしなかったここらあたりが次はペシャンコになる。人間は前にいい思いをしたものが次にエラい目にあう。そう決まってるんですよ」

今にも喧嘩《けんか》になりそうな気配である。

「はい。口を開けてください」

家に帰って、関東大震災は本当に亥年だったかと尋ねてみたら、母は暫《しばら》く考えた。

「あれは、私の兄の生まれた年だから、確かに亥年」

新潟県中越沖地震のあと、京都沖を震源とする地震があった。地震速報が流れた瞬間、そのおじいさんの話を思い出した。

土地の古老の話に無益なものは何一つない。

国内向けの男子

古くて新しい言葉に「成田離婚」がある。

「できちゃった婚」増大の翳《かげ》で、最近お見合いや合コンによるスピード結婚も増えてきているので、「成田離婚」は、けっして消滅していないはずである。

通常、人は帰国した成田で決める離婚を「成田離婚」だと思っているが、出国する成田で決められる「成田離婚」というのもある。

現在、日本人の平均的な新婚旅行は八日間で、費用は五十万円であるという。

空港まで来て旅行をキャンセルできないから、行くことは行くが、心は「夫婦」ではない。

成田で決断される離婚とは、早い話が、女性から見て、男性に「行動力」と「決断力」

がないことがその理由である。

出国手続きができない。外貨と円の交換ができない。税関が通れない。英会話が、妻ほどできない。機内食をフィッシュにするかビーフにするかも、妻を気遣《づか》ってか自分では決められない。

早い話が、成田を出てから成田に戻るまで、新婦が旅行ガイドにならなければならない。ということが、行きの成田で、新婦に分かってしまうのである。

「この人は、自分ではなんにもできないんじゃないだろうか？」

「こういう人に、自分の一生を託していいものだろうか？」

日本では、結婚前に海外旅行を経験している率は、女性の方が男性より高いのである。

新婚旅行が初の海外旅行という男性は、世の中には大勢いるはずである。

帰国子女という言葉は、本来男女双方を指す言葉だが、現実の帰国子女は、女性の方が多いのではないだろうか。男子には受験競争があるので、早くに日本に帰さなくてはならないからである。

大学在学中の海外留学は、最近では留学先の大学で取得した単位も日本での卒業単位に換算されるようになっている。そして、在学中に短期留学する率は、やはり男子より女子学生の方が高いのだ。親にとっての「箔《はく》づけ」である。

長期であれ短期であれ海外留学をしていたか、就職してから有給をとって何度も海外に遊びに行っていた女性が増加するにつけ、「所詮《しょせん》は国内向け」の男性が増え、妻から見てお荷物になる。

「JALマイレージカード」など持っていない男子は、新婚旅行に海外なんぞに行かないほうが無難である。

新婚旅行は「おもてなし日本一」の宮崎県にするか、いっそ熱海にしておくのがいい。「羽田離婚」と「東京離婚」というのは聞かないから。

「MMK」の才能

学生時代、「MMK」なる人を、初めて見た。「MMK」とは「もてて、もてて、困る」人のことである。

ある日、友人が「田舎から、ものすごくもてる友だちが来てるけど、来る?」と、電話してきた。

「はまこ」という。あだ名かと思ったが、「浜子」という名前だった。

外見はごく普通の女の子なのだが、「はまこ」を見た人は、誰もが「はまこ」を好きになる。

同じ高校の生徒だけではない。道で「はまこ」とすれ違っただけで、そのまま「はまこ」の後をついてくる人もいるという。

街の人は男女を問わず、「はまこ」の虜《とりこ》なのだが、なぜ「はまこ」に魅《ひ》かれるのか、その理由が誰にも分からない。「はまこ」は、もてすぎて誰ともつき合えない状態なのである。その「はまこ」が東京に遊びに来ていると聞いただけで、同郷の男子たちが呼んでもいないのにその部屋に集まって来ていた。

「はまこ」は、おっとりした地味な人で、自分からは何も話さず、ニコニコして恥ずかしそうに膝《ひざ》を抱えている。

「はまこ」には鋭い輪郭というものがない。そして、赤外線カメラで撮ると暗闇でも「はまこ」だけは赤く映りそうな温かさがある。

自分の意見というものなどなく、人にも逆らわないのだが、卑屈や媚《こび》を感じさせず、誰をも肯定して、「私はここにいるのが楽しいよ」という気分が伝わってきて、まるで仏様がそこにいるようなのである。

しかし、温厚であるだけではない。

「はまこ」には傲慢《ごうまん》さはもちろん、「性的な信号」が一切ないのである。

女性として誘惑的でも挑発的でもなく、逆に「性的にならなくて、そのままでいいよ」というサインが出ている。

「はまこ」は、「受け身」で「隙《すき》」そのものであり、バリアーというものがない。バリアーがあるとこんなオーラは出るものではない。

友人は、「MMKって、何だと思う?」と聞いてきた。

「はまこ」には大人の「性」のゲーム性がなく、もっと大きな「生」の歓喜があるのである。男子は実はセクシーな女など嫌いなのだと思う。

男子は「はまこ」の前では鎧《よろい》を脱ぎ、よく分からない歓喜に満たされていく。「はまこ」のそばにいると、自然な自分になれるのである。

恋愛以上に人間が求めている基底的な感情を「はまこ」は確かに誘発していた。MMKは天賦《てんぷ》の才である。

「父の娘」小池百合子

〝I shall return〟

小池百合子前防衛大臣が残した言葉に、ニュース番組に出演している男性たちはぞっとしている様子なのである。

小池さんは影の権力者と密約を交わし、いずれ本当に戻ってくるのではないか。その自己予言の解釈を巡り、スタジオには重苦しい沈黙が立ち込めていた。

ピーコだけが「この人は、うさんくさいのよね」と切って捨てた。

一人の女性大臣が官僚と戦うのでも、田中眞紀子元外務大臣の明るい癇《かん》症ではない。「奸計《かんけい》」の存在を仄《ほの》めかすのが小池さんの特徴である。

「彼女は女性ではなく、ギャンブラーですからね。勝ち目のない勝負には出ない。彼女が離れていくと、権力者は落ち目になる。安倍総理にはもう勝ち目はないということなんでしょうか」

男性は、同じ変わり身の速さでも、男性より女性がそうすることを、はるかに恐れているらしい。

小池さんは「政界渡り鳥」と揶揄《やゆ》されているが、中曽根元総理もかつて「政界の風見鶏」と言われていたのである。

小池さんは、中曽根元総理とイラクのフセイン大統領との会談にも同席しているから、中曽根氏とは昔から縁がある。

常に権力者のそばにいるのは女性的取り入りのせいか、それとも合理を超えた直観ゆえか、両者が相まっているとするなら、小池さんほど「私」だけを頼みにする政治家はいない。誰も信じていないからであろう。

マキャベリスト小池百合子は、男性議員のような「ぞうきんがけ」や派閥の順送り人事を否定する。自ら「自民党の外来種」と名乗るのだから、男性が「女性のこういうところに弱い」という点を知ると、そこにするすると入り込む。「権力奪取ゲームに勝つことのどこが悪い」と開き直っているかのようである。

男性が女性的サービスをする女性に甘いのなら、それは男性が悪いのであって、「ぞうきんがけ」などする気はない。決断と武器で生きていく。「抽象」としての男性と、「具体」としての女性が結合した人である。

小池さんの一番嫌いなものはアマチュアリズムなのだろう。その反面教師は、恐らく彼女の父親である。

小池さんの父は、衆院選に立候補して落選し、選挙のために事業にも失敗した。小池さんが高校二年の時である。

父が負けた勝負に、自分が敗者復活を期して出る。「ファザコン」というようなものではない。父の失敗を否定する「父の娘」である。男性の価値観を内面化し、自分を女性の一員とは思っていない。だから女性的武器を利用できるのである。

「父の娘」の女性嫌悪は自己そのものの否定に至る。小池さんの今後に興味を抱く所以《ゆえん》である。

猫の葬式

先日、友人の飼い猫が発病から一カ月後にあっけなく死んだ。

運の悪いことに、飼い主は出張中だった。猫が重態でも仕事を断ることはできない。それで、動物病院に預かってもらって出張に行った。電話が動物病院から入ったのは、帰りの飛行機の中である。電源を切っていたので、空港に着いたところで留守電を聞いた。

「容態が急変しました。すぐに来てください」

空港から病院までどんなに急いでも一時間はかかる。それで、代わりに私が病院に行くように頼まれた。

が、既に猫は死んでいた。

「お母さんが来るまで、なんとか硬直を止めたくて」

先生は汗だくでマッサージをしてくれたという。看護師さんが、洗濯したてのバスタオルに猫の遺骸《いがい》をくるんでくれた。硬直しているのでケージの扉が閉まらない。

「明日中に焼いた方がいいですよ」

「はい。お世話になりました」

外に出ると、猫の遺骸は、病気になってから急激に痩《や》せたと聞いていたのに、とても重い。それを胸の前に抱えて、人のいない深夜の大学構内をトボトボと歩く。とりあえず、自分の家に持って行き、ケージから出して「北枕」に寝かせた。

友人が帰宅したというので、またケージに入れて運んでいく。

翌日、動物霊園で葬儀を行なった。病院の先生が紹介してくれたお寺である。都立の霊園もあるのだが、そこでは猫を一匹ずつではなく、まとめて焼くのだそうだ。

猫のお葬式というのは初めての体験だったが、三人で行って本当によかった。一人でするのは寂しすぎるだろう。

猫が焼かれているのを待つ和室があり、そこにお寺の人がお茶を持ってきてくれる。

「お子様のお名前とお年をご記入ください」

一時間後、お骨拾いをする。猫が横たわった形のまま白い骨になっている。お寺の人は

「これが咽喉仏《のどぼとけ》です」と、最後にそれを骨壺《こつつぼ》に納めてくれる。「お子様」の名前の刻まれた位牌《いはい》が渡された。

儀式の間、言われるがまま行動することで、みな緊張していた。友人が言った。「お子様と言われたのにはちょっと抵抗がある」そこまで擬人化してくれなくていい。動物病院で「お母さん」と呼ばれるのには馴《な》れてしまって抵抗がないが、お寺で「お子様」と呼ばれると嫌なのはなぜなんだろうねと話し合いながら暑い道を帰った。

私たちの沈黙

週に一回ぐらいしか山手線に乗ることはないのに、電車がドアを開けたまま駅に止まっているという経験を今年に入ってから何度もしている。時間は、午後二時あたりだろうか。

アナウンスが流れる。

「○○駅付近で人身事故発生のため、ただ今電車が止まっております」

「○○駅付近で線路内に人が侵入しています。救助のため、電車が動くまでしばらくお待ちください」

人が電車に飛び込むのはほとんど毎日起こっている。日本では一日に百人ずつ自殺していっているのである。

夏目漱石が『三四郎』に書いた省線での事故は、もはや日常茶飯事である。

車内では、一人の人は、携帯メールを打っているか、音楽を聴いているか、本を読んでいるか、もちろん無言で待っているが、複数で乗っている人でも、人身事故を話題にする人はいない。電車が遅れて迷惑だと怒る声はもちろんのこと、いつになったら動きだすのだろうかと心配する声すら聞いたことがない。

沈黙して車内で待ち続けること。それが、見知らぬ人の死を悼《いた》む唯一の方法である。他に何ができるだろう。

「人間の自由は、今夜何を食べるかを決める以外にはありませんよ」。そう言った学生がいた。

夏目漱石の感じた不安など何ほどのものだろう。

人身事故を何かの兆候としてわざわざ小説に書くこと自体が所詮「明治の文豪」である。

今、まさに誰かが死んでいった。しかし、自分は生きている。生きている以上、生き続けねばならない。

国がする自殺防止キャンペーンは、まるでマッチポンプである。原因を作っておきながら、結果が生じることを阻止しようとする。

地下鉄のホームに落下防止の柵《さく》が設けてあるのを見る時にも同じ不快を感じる。「生かしめる権力」である。

テレビを見ていると、タクシーの運転手さんたちが年金について質問されていた。転職が多いので自分の年金がどうなっているのか不安だと、多くの人が答えていた。しかし、「年金記録の確認のために、社会保険事務所に行きましたか」という質問には、行っていないと答えた人が、行った人よりもずっと多いのだった。

「仕事が忙しくて、行く時間がない」

「消えた年金になっていることを知ると、よけい不安だから」

癌《がん》になっているかもしれないと思いながら、検査に行かない人と同じ理由である。誰かの年金が消えていた。地震で家が倒壊した。そして、誰かが電車に飛び込んだ。アナウンスを聞いても心の底のマグマに蓋《ふた》をして、今夜何を食べるかを考えよう。羊のようにおとなしく、私たちは電車に乗っている。

Book Review

仕事は退屈の源である

『退屈の小さな哲学』（ラース・スヴェンセン／鳥取絹子訳）

人はなぜ退屈になるのだろうか？

一九七〇年生まれのノルウェーの哲学者である著者は、大学生の時、ハイデッガーの不安の分析についての授業を聞いた。自分にはまったく縁のない話だと思った。が、授業が退屈の解釈に移ると反応は変わった。「もはや不安はそれほど不安ではなくなり、退屈はより退屈になっているということだろうか」。

退屈は貴族のものとする「退屈エリート主義」がまず否定される。退屈は何もすることがないという不満からくるものではない。仕事の多くが死ぬほど退屈なのは明らかだ。退屈は暇な時間の問題ではなく、意味の問題なのである。したがって、するべきことが多ければ多いほど退屈も深くなる。仕事は退屈の源である。

退屈に関する本を書いていれば退屈にならないですむと思ったのか、著者は退屈の歴史を辿っていく。と、驚くほど多くの哲学者が退屈を扱っているのである。

カントは「ただのばかより流行のばかのほうがいい」（『実用的見地における人間学』）と書いた。著者は一応賛同するが、流行のばか、いわゆる「ファッション・ヴィクティム（ファッションの犠牲者）」もいずれ本当のばかをみるだろうと予言する。流行の本質は没個性にあり、流行を追い求めても意味は与えられないからである。

退屈はドイツ・ロマン主義に基づいてイエナで現れたものであるという。ロマン主義とは耽美《たんび》主義であり、客観的な規準がすべて消え、美的なものの主観的な体験だけが限りなく有効になっていく。私が存在せしめたものを私は再び否定する。人はすべてに飽きていくからだ。

完全無欠で内部に十分な価値をもつ存在は一つもない。自己満足を求める自我は十分な満足を得るに至らず、常に不足を感じている。行きつく先は絶望した退屈であり、近づけないノスタルジーである。退屈は歴史的状況が作り出すものであるという論述には説得力がある。

しかし、果たしてそこから解放されることは可能なのか。大きな声では言えないが「退屈には解決方法がない」と著者は最後に記している。退屈からは逃げようがないらしい。

家事をするということ

この間、東京でスイカとパスモが使えなくなる事故が起こった。駅では「切符をお買い求めください」と指示されたが、たとえ買っても降りる駅でそれを回収する人がいない。「みな、フリーパスをしているので、自分もそのまま切符を買わずに電車に乗ってきました」と言う人もいて、機械というのは経営者側にとってはなんと不便なものかと感心したものである。

主婦を「三食昼寝つき」と、いまだにラクな身分のように言う男性がいるが、自分で家事をしていないからそう思うのである。家庭電化が行き届くと、昔のようにタライで洗濯をする苦労はなくなったが、新しい家事が登場する。

換気扇の掃除をする。そのために洗剤とゴム手袋を買う。自動給湯のお風呂になっても、浴槽の洗剤は要る。冷蔵庫に料理を保存する容器を買う。掃除機の中のゴミ・パックを買う。

要するに、買わねばならないものが増加していくのである。家事をするということは、何かを外に出し、何かを補充することである。

あるテレビドラマで、専業主婦役の女優さんが掃除機を使ったあとに、掃除機の蛇腹の部分を綿棒で拭いていた。それを見ていた女性から質問されたことがある。

「あれは、あのドラマの主婦の完璧主義を見せるための演出ですか？　それとも、掃除機の部品を綿棒で掃除するのは普通のことなのですか？」

私にも分からないので、外で働きながら、家事も熱心にする友人に聞いてみた。すると、そういうことはしないという。

「そんな時間があれば、白いレースのカーテンを洗濯しますよ」

その答えを質問した人に伝えると、とても驚いていた。レースのカーテンを家で洗濯したことは一度もないという。

世の中には二種類の人がいる。白いレースのカーテンを自分で洗濯する人と、洗濯するという「発想」自体がない人と。

「だいたい、カーテンをどこに干すんですか？」

「カーテン・レールに付け直すと、風で自然に乾燥するんです」

一回そういうことを知ると、カーテンの汚れが気になって仕方がない。

カーテンの取り外しはとても大変なのであるが、洗濯をしてみると新しいカーテンは白さが増し、とても気分がよい。が、日に焼けきったカーテンは洗濯しても何の変化も現れない。

漂白するのか、それとも買い替えるのか？

別の人に聞いてみた。

「カーテンはレースのカーテンと二重になるから清潔感を保つのに苦労する。その点、ブラインドは悩まなくていい」

機械だけではない。カーテンも、使用者の悩みの種である。

ママ美の競争

結婚することを試合後に嬉しそうに語ったダルビッシュの陰で、ダルビッシュの母親はどういう心境でいるのだろう。〝ダルママ〟と同世代の母親にとっては、身につまされるような「事件」であった。

つきあってみて、この人こそ自分の配偶者に相応《ふさわ》しいと判断してから求婚し、結婚式を挙げ、そして妊娠する。こういう「手順」というものをまったく踏まない結婚を息子がする。

ダルの「決断」はあまりにも早過ぎる、いや「実行」自体が急過ぎる。

しかし、もっと複雑なのはダルビッシュの奥さんの実行力に対する意識である。

「出産はああでなくてはできない」

若くしてママになることに、「女性としてはあれしかない」と心の底から肯定する女性がいて、年齢はいずれも四十代後半である。子どもを持つことのない運命を「受容」した人には後光のようなものがさしているので、ダルビッシュの結婚を慈母のように祝福できる。

「生物として勢いのあるときに何も考えずに妊娠しないと、出産というものはできない」そう言う人たちは、自分が二十歳前後の時には、恋愛に忙しすぎて結婚を考える余裕がなかったそうである。

それに当時（二十五年前）、私の周りでは合コンという制度などなかった。出会ってその日に「妊娠」するかもしれない行為をするのは間違ったことであった。

そもそも「結婚」する前に自分の居場所を確保するという難問があった。

が、「若さ」のせいで仕事も恋愛も楽しかった。

職業上の努力というレールの横に恋愛というレールがあり、その両方の上を驀進《ばくしん》する列車のように生きてきた。二つのレールが合流したところでは熱が穏やかになっており、それが大人の出産というものだろう。いつか出産するのだろうと思っているうちに四十代になっていた。最近の芸能人のように猛スピードで妊娠することなど考えてもみなかったという。

また、ある女性誌では、「出産することで一番嫌なことは何か？」という問いに、二、三十代の女性は「妊娠線ができること」という回答を多数寄せており、編集部によればそれは「韜晦《とうかい》（本心を隠すこと）」ではなく「本音」なのだという。

女性性とは「美の表象」のことである。美による序列化が厳しい時代には、美しくなければ女性ではない。

「ママであってもママには見えない」最大の方法は「一人しか産まない」ことである。ママになってもなお美の競争がある。

男性が父親になるのには、ダルビッシュから市村正親まで年齢的な幅がある。時間の本質をより知っているのは女性であろう。神様はどこまでも不公平なのである。

母親が怖い

何か別の話をしていた時にである。

「世界で一番怖いのは母親ですよ」と不意に口にした男性がいた。

別の男性も「そりゃそうですよ」と頷《うなず》いた。

「やっぱり？　母親はものすごく怖いですよね。みんな黙っているだけで」

どちらも既婚で子どももいる人である。

実家に行く日には、着ていくものを考えるだけでとても緊張するという。

母親が海外旅行のお土産に買ってきてくれたシャツがある。それを着て行かないわけにはいかないだろう。

着て行かなければ、実家にいる間中ずっと母は自分の服を、いや自分のことを怒るだろう。それを想像すると怖くて仕方がない。

それなら着て行けばいいのだが、その場合は妻に「どうして普段は着ないものを着るの？」と怪訝《けげん》に思われるのが嫌なのである。

「妻の目は自分の目」である。妻を通して自己嫌悪が生じてしまう。妻と自分に対しては恥ずかしいで済むが、母に対してはその程度では済まない。母は怖いのである。母に「どうして私の選んだものを着ないの。そんなものは似合わない」と批判されることは本当に怖い。だから着て行く。恐怖のために、結局は着て行く。

シャツ一枚で自分をそこまで怖がらせる母親とは一体何なのだろう。お願いだから何も買ってこないでほしい。真剣に思うそうである。が、そのことが母には言えない。

聞いてみると、母はとても知的な女性である。自分を眺める枠組みは、家庭内にいる母から与えられた。期待に応えると母の誇りとなるが、期待を裏切ると母は非難するに違いない。母の支配の下に自分ができあがり、今も母の拘束から逃れられない。

フロイトは、家族という集団は催眠状態にあると述べている。

母は催眠術師である。息子はその暗示に逆らうことができず、母の前では自動機械になってしまう。

シャツを妻に置き換えてみよう。

「どうしてそんな人と一緒にいるの。あなたには似合わない」

母が実は自分の妻を批判しているのではないかと想像するだけで怖いので、妻と別れたり妻を裏切ったりすることが、母への従順の証しとなる。

シャツを自分に置き換えると問題は更に深刻になる。

自分が自分に「似合う」かどうかを判断するのも母なのである。

子どもは慢性的な怒りと自己不全感を持つ。

母の役割が過剰になった時代に育った人の後遺症が、母への恐怖である。しかし、大人になった息子に服を与えるというのは、親が支配するための最高の方法である。

逆縁

今年は、「喪中はがき」が例年になく多いような気がする。母や義母を亡くした人は、亡くなった方の享年を書いてこられる。ずっと介護に当たりお葬式も出していたのに、そのことは知らされず、亡くなってはじめて不幸を知らされる。が、みな高齢で亡くなっておられる。

中に「秋に弟が急逝しました」というはがきがあって、弟は四十代である。知人は私と同じく二人姉弟で、弟の話題をよくして笑っていたので、会ったことがないその弟に会ったような気分でいた。その弟が急逝した。どうして亡くなったのか尋ねてみることも、慰めることもできない。

弟が生まれた日のことも知っており、子どもの頃は幼い弟を泣かせて遊んでいた。弟が結婚をした。弟に子どもができた。その弟が姉より先に死んでしまった。弟の短い人生は姉の人生の中にすっぽりと収まってしまう。弟の最初の日と最後の日を知っているということ自体がやりきれない。

今年は、弟を亡くしたというお姉さんに、他にも二人出会っている。どちらも二人姉弟である。

一人は、身体の不調を訴えた五十代の弟が病院に行くと、いきなり余命半年の末期癌ですと宣告された。弟は姉に、自分の妻子が食べていけるように助力してやってほしい、そして母親のことをどうかよろしく頼みますとだけ言ったという。

が、お姉さんは弟が先に逝くなんて信じられない、自分はどうしていいのか分からないと茫然としていた。

もう一人は、七年前に弟を亡くした。読書の好きな独身の弟が、やはり病気で急死した。姉は両親を引き取ったが、お母さんは弟が亡くなった日から毎日泣き続け、七年経っても弟のことを話しては嘆き悲しむ日々である。

姉は悲しむ母を見ていると、自分は泣いている場合ではないと思うのだ。両親を養うため、三馬力で働かねばならない。ひょっとするとこういうことになると神様は知っていて自分に職業を与えたのではないかとも思う。

母親と一緒になって自分も泣くと、母親は悲しみの淵《ふち》に沈んだまま這《は》い上がることはできない。職場は戦場だから泣いたことなどない。

が、「あなたには弟さんがいらっしゃるんですね？」と聴かれ、「います」と応えた途端、その人はハラハラと涙を流し、弟がどんなに心の優しい子だったかその人となりを語りだした。

「逆縁」とは子どもが親より先に亡くなることを指すだけではない。年長者が年少者の供養をすることも逆縁なのである。通りすがりに人を供養することも逆縁である。

姉が早世した弟を小説に書くことがある。あれは「妹」でも「兄」でも、小説にはならない。「弟」のいる姉にしか書けないものである。

タクシーという教室

知り合いに、若くして管理職になった女性がいる。最近、タクシーの運転手さんに厳しく叱られたと言う。それも別々の運転手さんに同じ理由で立て続けに、である。

「ここまで叱られると、自分の性格が間違っているのかもしれないと思って」

年末には忘年会、年始には新年会と、冬の夜は連日「飲み会」がある。

「飲み会」は職場の行事だし、管理職である以上、欠席するわけにはいかない。

「飲み会」はいつも終電がなくなる頃まで続く。その管理職はタクシーに部下を乗せて順番に自宅まで送り、最後に自分の家に戻るということをする。それを十回以上繰り返してきた。

管理職は女性だが、部下は全員男性である。前後不覚に酔っている男性たちを、ほとんどど酔っていない上司が送っていくと、最後には部下と二人きりになる。するとどんな男性でも彼女の身体を触ってくる。そして耳元で同じことを囁《ささや》く。彼女の私生活への質問である。家の近くにタクシーが停車しても、部下は車から降りようとはせず、しつこく絡《から》まりついてくる。

上司は部下を宥《なだ》めたりすかしたりして、車からやっと降りてもらう。その時点で彼女は疲れきっている。

タクシーは彼女の自宅に向けてUターンする。運転手さんが叱りだすのはその時である。

「お客さん。なんでもっとちゃんと怒らないんですか！ 私がドアを開けた時に、男をドアから突き落とせばよかったんだ。あんなに穏やかに相手をしていたら、男はいつまでたっても止《や》めないよ。お客さんには弱みにつけこまれるところがある。銀座のホステスさんはもっと毅然《きぜん》としてるよ。これはセクハラだと怒鳴りつけないと男は目が覚めないんだ。なんでお客さんはそんなに性格が弱いんです？」

朝になると、部下から半泣きの声で長い言い訳の留守電が入っている。が、職場に行くと、いつも何もなかったような顔で対応してきた。

そういうことをする男性は普段は実におとなしく、仕事がとてもよくできる人物であるという。

その場にいる第三者、しかも男性が「これはセクハラだ」と言い、加害者も「セクハラをしてしまった」と詫《わ》びている。

叱責《しっせき》を四人の運転手さんからされてから、彼女は自分の性格について分析を始めた。

「やめてください」と言えないのは上司であるせいだろうか。

一人の女性と二人の男性がいると、男性は女性を巡る他の男性のルール違反にとても敏感になる。

男性運転手は立場上沈黙しながら、男性客をちゃんと監視している。

タクシーは女性にとって密室ではなく、教室であるのかもしれない。

高年期の課題

棚の掃除をしていたら、一番上の段から白い冊子が舞い落ちてきた。手にとると、大学時代の恩師の書かれた論文である。

私の先生は、現役中から「高年発達心理学」を提起されていた。が、三十年ほど前まで「発達心理学」といえば「児童心理学」のことであり、高年者は発達しないという固定観念があった。

ほとんどの他の種は成熟して繁殖を終わると死滅してしまうが、人間は成熟に要する時期の数倍にもなる時期を中高年として生き続ける。そのいわば人間固有の時期の発達研究がなおざりにされていることを、先生はしばしば批判してこられたのである。

しかし、私は自分が学生時代には「高年発達心理学」を真剣に受け止めることができなかった。自分が中高年になり、社会もまた急速に高齢社会に移行した今になって、天から私の上にその論文が落ちてきたのである。

子どもが「人間への発達」を遂げるのなら、高年者は「人間の発達」を遂げる。家族や職場との交渉から離れていく高年者は、自分を完全に自己の統制下に置くため、結果としてそこに究極の「個性」が出現する。

若年期において不可解として留保してきた、たとえば理想と現実に両極分化した自我の統一の解決に取りくめる時期にやっと到達したのである。

陶淵明は「人生は幻化に似て、終《つい》にはまさに空無に帰すべし」とよんだ。人生の無意味さに徹しきれたなら、それもまた立派な人生であるが、先の歌も「帰りなんいざ。田園まさに蕪《あ》れなんとす」という失意から出たと解するならば、陶淵明もその境地に到達できたかは不明である。

人生に意味はない。それは自分で創造するものである。高年に至るまで意味のために生きてこなかったことが自覚できたなら、意味のために生きる発達的創造の可能性は十分に期待できる。

ただ無責任に人生に意味などないと言い放つなら、これまで自分が占めてきた位置に他の人がいたとすれば事態はもっと好転したかもしれない、と反省することは忘れてはならない。

長い生涯をかけて知識と経験を累積してきたのは、〝高年期〟において自らの人生に個性的な意義と価値を発見するための準備であった。自分の個性的な原理に基づいて行動し、その結果が他人のためになる、つまり「捨て身になれる人間になること」が自立の道であり、それこそが人生の意味を発見する道である。

人間の懐《いだ》く理想も智慧《ちえ》も仕事も、いずれもが、生涯かけての努力をもってしても達成できないままに寿命を終わる。

「青年老い易《やす》く、学成り難し」とは、青年への教訓ではなく高年への戒めである。人間になるには生涯はあまりに短い。そこにはそう記されていた。

名作の中の女

画家のフェルメールに「牛乳を注ぐ女」という作品がある。

ここのところずっと注目を浴びて、美術館に足を運ぶ人も多かったと聞く。一種の「再発見」である。

窓辺にあるテーブルで、女性が壺《つぼ》から牛乳を注いでいる。

牛乳・壺・台所・女性・光という記号性が合体して生じる予定調和の至福を考えると、これは「水を注ぐ女」であってはならないのである。

水よりも濃度が高く、滋養もある液体を細心の注意を払って注いでいる女性は、妻でも母でもなく雇われている女性である。時間はそこでは止まっている。

人物画と静物画を渾然《こんぜん》と融合させたような落ち着いた趣がある。

フェルメールの作品への愛好は、じんわりとした性質のものであり、爆発的とか熱狂的とかいったようなものではない。

美術評論家にはその絵画の魅力を構図の斬新さで説明する人もいる。それはそれで正しいのだろう。

しかし、フェルメールの作品の中でとりわけ「牛乳を注ぐ女」が好まれるのは、自分の「身分」を受け入れ、「黙々と家事をする女性」が渇仰《かつごう》される気分が存在するからである。この女性は多くの人の空虚感と欠落感を埋め合わせてくれる。

フェルメールの絵画から連想したのは、鈴木三重吉の『桑の実』である。『赤い鳥』で知られた鈴木三重吉は、童話に行きつく以前、大人向けの小説を書いていた。

長塚節のように土地に縛りつけられた者の貧困をテーマにした作品も書いているが、長塚と違って関東地方の乾いた貧困ではない。

「東の長塚、西の鈴木」とも言える鈴木三重吉は夏目漱石の影響もあってか、小説に関して考えを変えていく。小説で最も重要なのは、女性を無垢《むく》で従順で純粋なものとして描くことである。そうして書かれたのが連載小説『桑の実』である。

男の子を一人抱えた画家の家に、家事をするために「おくみ」という少女が来る。その「おくみ」の視点から、画家の家での日常生活が坦々《たんたん》と描かれていく。何の事件も起こらない。

「おくみ」は主人である画家を尊敬し、その作品を理解し、家事を懸命にこなす。朝食にはパンを焼き、紅茶を淹《い》れ、そこに主人のために「牛乳」を注ぐことを忘れない。

全編に漂う静謐《せいひつ》さは、自分の身分を悟った「おくみ」の諦念から発するものである。主人は、だからこそ安心して「おくみ」を精神的に愛することができる。結婚相手として選ぶことのありえない幻想の恋である。

「牛乳を注ぐ女」が主家を去っていくところで『桑の実』は終わる。

鈴木三重吉記念館は、山手線の目白駅から徒歩五分の場所にひっそりとある。

氷枕とすりリンゴ

以前は「オレオレ詐欺」と呼ばれていたものが、「振り込め詐欺」に名前を変えた。が、「オレオレ詐欺」という表現から世相を読みといた人がいる。堺屋太一氏である。電話をしてくる者は必ず息子や孫を装い、親や祖父母が騙《だま》されて振り込む。親を装って子どもに振り込ませる犯罪はない。「わしわし詐欺」というものはない。

つまり、お金は目下「大人から子どもへ」と流れている。その逆はない、と。

年末に、昭和三十年代の家族を描いた映画「ALWAYS 三丁目の夕日」を見た。薬師丸ひろ子が演じる母親は病気の子どもに、脇の下に入れる水銀の体温計で熱を測ってやる。さらに、お医者さんに往診を頼む。それを見て思い出した。

昔のお母さんは子どもが病気になるとリンゴをすりおろしてくれた。それをガーゼで濾《こ》してジュースにしてくれた。ゴム製の氷枕を作ってくれ、額には冷たいタオルを載せてくれた。頭を動かすと、氷枕の中で氷がガバッと音を立て、海の中にいるようであった。

今では、リンゴは既にジュースとして売られていて、すりおろす必要もない。氷枕は冷凍枕に変わり、額には冷たいシートが張られるようになった。

昔のお母さんには、子どもを看病するときにも「形」があった。病気のときに「お母さんがしてくれること」が、この四半世紀の間にどんどんなくなってきているのだ。「ＡＬＷＡＹＳ」には、家に届いた冷蔵庫を家族が目を輝かせて見るシーンがある。堤真一演じるお父さんの家族に対する愛も、冷蔵庫という「形」で目に見えたということである。

しかし、お父さんの愛の「形」は、どんな「消費財」を購入しても、「あって当然」のものに変わってしまった。大学に行かせてくれるお父さんに「ありがとうございました」と子どもが頭を下げたという話も聞いたためしがない。

お母さんの愛に対しても、子どもはあって当然で「ないと許せない」という怒りの時代を経て、「母に愛された記憶がない」という絶望の時代に変わってきている。

「家族の機能不全」から「家族の喪失」への変化は、この「消費社会」の成熟によって、起こるべくして起こったものである。親も子も被害者なのだと思う。

一時の〝アダルト・チルドレンブーム〟や、鬱《うつ》病の激増なども、社会・経済的状況によって生まれてきたものである。

買収企業だけではなく、家族も「実業」ではなく「虚業」であって、「内実」がない。「振り込め詐欺」の被害にあった親の子は、それで親の愚かなまでの「愛」にはじめて気づく、というのは考えすぎだろうか。

「士」のつく仕事

父親にとって一番幸福なことは「独立心の強い子どもを持つ」ことだと聞いたことがある。

大学卒業後、司法試験に合格するまで一年間だけは働かずに家にいてもよいという契約を交わし、子どもが無事に合格した時、「これで親としての責任を果たせました」と心の底から安堵《あんど》した人が話してくれた。

「子どもが職を得て独立するためには、親がある時期犠牲になって支えてやらなければなりません」

将来的に、その司法試験の合格者数が減らされる可能性が高いというから、法曹を目指す人とその親にとっては厳しいことになった。何度も何度も試験が続くのに、倍率が高くなる。

「独立心」のある子どもにするためには、何によって「独立」できるのかをまず発見しなければならない。

四年制大学卒業後、就職ができないので専門学校や短大に入り直す人が激増している。「士」(か「師」)のつく資格を取得するために、また入学金と授業料を親が負担する。大学四年間の負担は、「大学卒」という学歴を購入するためのものでしかなかったのである。

学歴社会と資格社会の共存のため、子どもが社会人になるまでの時間が長くなった。基本的にそれを支えているのは親である。

「学歴」取得のための授業料と、「資格」取得のための授業料との二重負担になるのだが、現にそうしないと仕事に就けないので、親は教育投資を続けていく。

大学中退者は「この学部では就職ができない」と途中で分かって違う学校に入り直すのだから、最初の大学に払った入学金は完全にムダになる。

「一体、生徒に将来何の職業に就けばいいと言ってやればいいのか、まったく予想がつかない」と、中・高の先生たちも嘆いている。

高校教師は、受験情報を一番多く持っているから、今まで高校教師の子どもたちは、社会的に有利な進学をしていったが、それももうなくなった。進学と就職が切り離されたからである。

一番多く就職情報を持っているのは大学の教員である。

しかし、学生たちのその後の情報を知っている当の大学教員は、内実を知れば知るほど逆に不確実な部分が多くなって、不安を覚えている。自分の子どもにすら薦《すす》められる仕事がない。絶対安心という職業がない。

学生は、電車でも、図書館でも、喫茶店でも「資格」のための勉強をしている。独立するためのほとんど唯一の方法である。

軍隊、という平等社会

『学歴・階級・軍隊——高学歴兵士たちの憂鬱な日常』（高田里惠子）

休刊となった月刊誌『論座』の二〇〇七年一月号に掲載され話題になった「『丸山眞男』をひっぱたきたい　31歳、フリーター。希望は、戦争。」という奇妙な題名の論文（通称・赤木論文）の衝撃は記憶に新しい。

赤木智弘氏の論文は、当然のように戦後リベラル世代の左翼から怒りと総スカンを喰うこととなり、何人もが反論を寄せたが、この本以上に適切な批判は見当たらないのではないかと思う。

本書は大日本帝国の軍隊（とりわけ陸軍）と旧制高等学校の両方を体験した大正十二年生まれを中心とする男性たちと、地方出身の一般庶民階層の上級兵の男性たちの言説を考察の対象にしたものである。旧制高校から帝大及びそれに準ずる大学に進学した学生はいきなり召集猶予《ゆうよ》を解除されて学徒動員された悲劇の世代である。兵営に入るとエリートたちは古参兵にいじめぬかれ、ひっぱたかれるのである。

大学まで行っているくせにというより、大学に行ったからこそ、「生活から遊離した、現実に疎《うと》い、そして人間感情に乏しい利口馬鹿」な連中ができあがる。

彼らは兵営でも本を読みたがる（それもドイツの本を）。彼らにとって軍隊は地獄である。戦場ではなく、兵営の人間関係が地獄なのである。

一方で、彼らエリートを嫌う上級兵にとって、農作業と比べれば、一日に三回ちゃんとした食事が保障される軍隊は天国なのである。要領よく立ち回りさえすれば、上官の覚えもめでたい平等社会である。学歴と真の能力は違うのに、わざわざ何の役にも立たない本を読みたがるインテリへの嫌悪感という「いじめた側の言説」を知ると、軍隊こそ学歴に対する日本独特の意識を表面化させた場所であることが理解できる。

著者はドイツ文学の研究者であるが、本書は教育社会学の本としても一級のものである。地方の私大で教員の激務をこなしながら、ここまで浩瀚《こうかん》にして該博な知識の本をものす体力には驚嘆する。著者は赤木論文に助言を与えている。「希望は、戦争」ではなく、「希望は、陸軍」と表現したほうが正確である。しかし帝国陸軍も単純な世界ではなかったことは明らかだ、と。

自失を制す

人間がペットを飼う理由の一つに、動物には病気になっても最後まで懸命に生きようとする姿勢があるからではないかと思うことがある。その一生懸命さへの無意識の敬意である。

植物などは典型的だが、妥当な環境を与えられれば、きわめて容易にその種の可能性を実現していく。

人間にも、ヒトとして発生した以上、自己創造の過程すなわち「自立 self-help」の方向を目指そうとする動機がある。たとえば、自発・自律・自尊・自戒・自足・自制などである。

しかし、「自立」への動機づけを超えて、これを不能にせんと「自立」に対立する事実がある。これを「自失 self-loss」と呼ぶ。

茫然自失という言葉のように強烈な衝撃による一時的な意識の喪失状態ではなく、発達的な自己喪失を指すものである。たとえば、自棄・自閉・自嘲《じちょう》・自罰・自堕落・自傷・自殺などである。

「自失」も発達的事実である以上、それには当然意味がある。人間は自然環境の中にのみ生きるのではない。対人的社会圏の増大とともに、それまでの狭い生活圏に限定して身につけてきた社会特性とは異なる人格の獲得が要請される。それは相互に対立し、矛盾も内包している。

個人の特異な体質や気質、性格の偏りも存在するであろう。発達とともに自分の人格を改変していく必要があるにもかかわらず、そういう事態に本人が気づかない場合の警報が「自失」なのである。

「自失」は依存とは違う。他からの援助を求めながら、依存を拒否してしまう葛藤《かっとう》であり、自尊と自罰の狭間《はざま》にあるのである。プライドと自己嫌悪の葛藤と言ってもよい。

こういう「自失」の危機はあらゆる人間に起こりうるもので、これを免れることはできない。

「自立」は常に「自失」を契機として行なわれると言ってもいい。人生は「自失」の連続なのである。

「自失」からの回復の原理は、人間の「自立」を考える上で最も重要なものである。人が何か偉大なことを成し遂げる前には必ず「自失」の状態にいる。

「自失」の中で避けなければならないのは、取り返しのつかない自殺だけである。

もしも知人が「死にたい」という連絡をしてきたらどうすればよいか。

とにかくその知人のもとに駆けつけ、浴室に連れて行き、頭から水を掛けるのが効果的である。毒をもって毒を制する如《ごと》く、「茫然自失」をもって「自失」を制するのである。

家が遠い場合には、近隣の人に連絡して可能な限り「大騒ぎ」することが有効である。死の誘惑を延期させるために、俗世の猥雑《わいざつ》を利用するのである。

卒婚

「卒婚」が増えている。結婚の卒業である。

昔は、「離婚」の申し立てをするのは、男性からの方が多かった。しかし、「卒婚」は女性からである。

離婚ではなく、婚姻関係は継続したまま別居する。

若い人の「別居婚」や「週末婚」願望と根っこは同じであると思う。

あえて離婚するメリットはない。子どもを育て上げた。その後、夫と二人きりで生活するのは嫌である。家事の義務は十分果たしてきた。後半生は自分のために生きたい。

妻がそう言うと、夫は当惑する。が、妻は「資格」を取り、再就職か起業をする。あるいは、趣味をプロの域にまで高め、「表現」の世界に入って行きたいと言う。

「一人の時間が好き」という人もいる。

「定年になったら田舎暮らしをしたい」と夫が言うと「私は都会でしか生きられない」と言う。

「定年後は旅行をしよう」と言うと「旅先でまで主婦をするのは嫌」と言う。

「卒婚」をした妻の中に、こう言った人がいた。「家に残してきたものの中で自分が植えたフジの苗だけが気がかりです。今ごろどんな高さに育っているでしょう」

その話をすると共感する女性が結構いたのは、植物は丹精すれば絶対に裏切らないことと、庭で懸命に伸びようとする植物に自分を重ね合わせるからである。五十代以上の専業主婦の孤独を物語っている。

家を出る時、ペットである猫を夫のために残してきた人もいた。

「猫を飼う時、オスを選んだのは虫の知らせだったのです。メス猫だと悲しくて別れられないですから」

女性というのは結婚する時に、自分が最後までこの相手と添い遂げるか、この相手からいつか去るかもしれないということが、自分で分かっているような気がする。

女優の奈良岡朋子さんは若い頃、画家である父親が「この子は結婚して家庭に入るような子ではない」と言って、娘を結婚させようとする母親を止めたという。

男性は自分の妻よりも自分の娘の性向に対して、よほど敏感であるというのは、子どもの頃から知っていることのほかに、娘が自分の分身だからということもあるのだろう。

妻に「卒婚」されたある夫には子どもが五人いて、数年ごとに転勤がある生活が妻にどんなに苦痛だったかまったく気がつかなかったという。自分には仕事があるが、妻は新しい家に移るたびに、その土地に根を張りなおしてきたのだった。

五人の子どもの中に一人だけいる女の子が、今もカラオケに付き合ってくれている。

不意の質問

友人の長女が関西から東京に引っ越してきた。自分一人の部屋を二十八歳で初めて借りることができたのである。

「やっと、やっと、東京に出てこられた」

今まで仕事で東京に来るたび、全身の血液が熱くなるのを感じたという。

快晴の日曜日、新居にお祝いに行った。娘の引っ越しを手伝いに来た母親の他に、幼いころ近所に住んでいて早く東京に転居したという男友達も来ていた。三十歳だという。

「いくつになっても五歳ぐらいの顔のまま、俺の中で固まってるよ」と、友人の娘を不思議そうな表情で眺めている。

「この子が寂しがってる時には、いつでも遊びに来てやってね」

母親は、私とその男の子に何度も頼む。一人で住むのはすべてを自分で管理することだから、それでなくても仕事に集中する娘が緊張することが心配なのである。

男の子は浮かない顔をしている。

「俺、来年大阪に転勤になるらしい。大阪には行きたくない」

「どうして？」

「友達と離れるのが、寂しいから」

小学一年で東京に来て以来、友達はみな関東にいる。友達が誰もいない大阪には行きたくない。

休みの日には絵を描いている。小説もよく読んでいる。

一番好きな画家はモディリアニで、一番好きな作家は外国ではアゴタ・クリストフ、日本では山崎豊子だという。

「本当のことを書く人は凄《すご》いと思う」

どんな会社に勤めているのかは聞かなかったが、この子は転勤しても早晩会社を辞めるだろうと思った。

「なんで会社なんかがあるんだろう。人間は何のために生きてるの？」

不意にそう聞くのだ。

昔、そういう質問を私も大人にしたことがある。友人と私は押し黙っていた。

ガラスのビンに白い花の桜が大きく活《い》けられている。

「さっきより少し花が開いてきているのに気がついた？」と、男の子が言った。部屋が暖かいからだという。

それから、出前のお寿司についていた粉末のお吸い物の袋を持って、湯を沸《わ》かしに立ちあがった。

「フローリングじゃなくて畳のある部屋を大阪に行ったら探そう。疲れて横になっても、畳なら寂しくないかもしれないもんな」

キッチンでそう呟く声が聞こえた。

学校と宗教

去年の秋のことである。近所で幼稚園の運動会が終わった後、坂道を上って帰宅する家族がいた。同じ方向に帰る私はたまたますぐ後ろを歩いていた。

両親に女の子が二人の四人家族で、上の子が幼稚園児である。

「パパ、今日は疲れたでしょ。もうすぐだからね」と、長女が父親のお尻を押して坂を上らせている。

「パパはもう歩けないよ。上までずっと押してってくれよ」

「慣れないことをしたもんね」

運動会に来て「家族の仕事」をしてくれた父親をねぎらう女の子は意識の量に関して、とうに幼児と呼べるような存在ではない。

この子はこれからもずっと父親に配慮して生きていくだろう。

二十年ほど前から、大学の入学式には新入生よりもその保護者の席の方が圧倒的に多くなった。

遅くに結婚して子どもができた男性が、我が身を顧みて感心したことがある。

既婚の同僚が子どもの幼稚園の入園式や参観日に仕事を休んで出席するのが、理解できなかった。が、いざ自分に子どもができると、仕事より入園式を優先するようになった。

「何事も自分がその立場にならなければ、分からないことがありますね。子どもの式より大事な仕事なんてありませんから」

同じく、大学生の入学式に参列する親を「バカ親だ」と思っていた人が、自分の息子が入学すると、入学式に親として出席した。

「結局、私もバカ親の一人だったんです」と自虐しながらも嬉しそうである。

入学式や卒業式といった「学校の儀式」は親にとって必要なのである。運動会や音楽会は「学校の祭り」である。儀式と祭りは、学校が提供する宗教儀礼である。

町内の運動会などは徐々に姿を消し、子どもの学校の運動会がそれに取って代わった。

そこには感動と思い出というものがある。

学校が持つ宗教作用は、まるで既成の宗教が衰退していくのを補完するかのような勢いで、強い磁場を提供している。皆個人としては、バラバラなのだから。

春と秋にそういう学校行事があるのは、「学校的宗教」が日本の四季と農業的伝統とも強く結びついていることを示している。

親が人生の坂を上るのを、子どもと学校的宗教が後ろから押しているのではないかとさえ思われる。

年齢と定期預金

今回の医療制度改革による「後期高齢者」という名称に納得している老人に会ったことがない。

保険料が天引きされることと、名称それ自体とを比べると、名称への抵抗の方が強い気がするほどである。

「後期高齢者」に該当する人が自らを慰めるように言っていた。

「末期高齢者じゃないだけいいとせねばならない」

いずれにせよ早く死ねということなのだと、だいたいが悲観的である。

若い時にお国のために死ねと言われ、老人になるとまたお国のために死ねと言われる。

若い時の方が陰湿でない分よかった、と。

そんな中で、父親が元銀行員だという人が、八十歳のお父さんの考えた名称を披露してくれた。

「満期高齢者」という。

銀行員ならではの発想だが、定期預金のように年齢に満期がくると、その定期をまた喜んで継続してもらうようにすればいいというのである。そこには終わりというものがない。

厚生労働省ではなく銀行に名称を考えさせてくれれば、「迷わず満期を使用したのに」とそのお父さんは言ったそうである。

老人は年齢とともに経験も蓄えていくので、理性も知慧《ちえ》も利子のように増えていく。

しかし、高齢者の中には、病気になっても「ご高齢ですからね」と、お医者さんが積極的に治療しようとはしてくれないように感じる、と言う人がいる。

お医者さんにはそのつもりがなくても、人間には人を無意識に年齢で決める傾向があるのは否めないと思う。

老人になると病人にすらしてもらえないのである。しかし、自分は老人だから病気を治してもらわなくてもいいと諦めている人がいるとはとても思えない。

年齢が本人の意識よりも優先されるという「老人差別」を高齢者は多かれ少なかれ感じていて、その怒りをぶつけることができないまま医院から帰ってくる。中には、生まれてはじめて受けた「差別」に愕然《がくぜん》とする人もいるはずである。

年はとるものではなく増えるものである。銀行では定期預金の額の多い人がよりサービスを受けられる。

だが、高齢者が社会で厚遇されないのは、年齢を重ねることで知慧が増えると思われていないからである。年齢を知慧の預金と見なす発想があれば、「後期高齢者」という名称はなかっただろう。

ペットのお墓

猫を飼っている人から今まで何度、携帯電話の画面で猫の写真を見せられただろう。見せられたというと語弊があるかもしれない。しかし、「見たい？」と聞かれ、「見たくない」と答えることは難しい。見ることはマナーである。最近は動画もある。携帯の中の犬がじっとテレビを見ていて、テレビ画面だけが動いている。あるいは、飼い主の左の二の腕を猫が前足で揉み揉みしていたりする。

初対面の人でも、ペットの写真を見ることで、人間関係が円滑になることがある。

しかし、みながみな自慢したくてペットを飼っているわけではない。高齢者の場合、まだ暗いうちに起きて近所を散歩しようとする時、例えば男性の場合は犬を連れていないと「不審者」だと思われることがある。

「私は犬の散歩をしているのであって、怪しい者ではありません」というアピールに犬を飼ううちに、犬に情が移ったりする。

そうして犬は人生の伴走者となる。

しかし、犬も猫も人間の子どもや孫とは違い、飼い主より先に死んでしまう。

死んだらペットと同じお墓に入りたいという人が増えてきているという。マンションは「ペット可」という条件にすると借り手が増えるらしいが、お墓にも最近は同じような変化が現れている。

人間のお墓にペットを納骨することは保健所かどこかに禁止されているのかと思っていたらそうではなく、「ペットとの共同墓地」にするかどうかは寺院の判断次第らしい。が、先祖代々の墓を管理する寺院がそれを認めてくれない場合、寺院を替えなくてはならない。

一番簡単なのは、ペットを人間のお墓に入れるのではなく、ペットのお墓に人間を入れてもらうことである。ペットを人間扱いしてもらうのではなく、自分を動物扱いしてもらうわけだ。

将来はペットのお墓に自分も入るという遺言を既に書いたという人がいる。先祖代々の墓に入るのではなく、ペットと自分の墓を購入するとなると、懸命に働いて貯金しなければならない。

自分の将来のためだけには働けないが、ペットのためなら「火事場の馬鹿力」が働くのだとか。

ペットの存在による労働観と死生観の変化には、予断を許さないものがある。

虚業と実業

知人の女性の中に「銀行が怖い」という人がいる。用事で銀行に行くことはもちろん、銀行の前を通り過ぎるだけで吐き気がするというのである。

生きていくことにはお金がつきものだけれども、銀行はことごとく自分を騙《だま》すもので、自分は被害者だと思うという。

そういう人は財産管理を夫に任せ、自分の通帳を自分で開いたこともない。結婚したのは、お金のことを自分で考えなくていいからです、と言った人もいる。だから、夫が亡くなるのはとても怖いそうである。

そういう人はだいたい本を読むことが好きである。現実世界に背中を向けて生きているのかもしれない。

しかし、銀行が怖いのではなく「銀行が嫌い」という知人もいる。正確に言うと「銀行が嫌い」なのではなく「銀行員である父親が嫌い」なのである。「父はお給料やボーナスを貰い、生活は安定しているにもかかわらず、常にお金の心配をしているから」というのである。

お金のことを考える時、人には「前向きに考える人」と「後ろ向きに考える人」がいる。銀行員の父などは「後ろ向きに考える典型的な人」であるらしい。目の前にどれほどお金を積まれても、父はそれをどう使って楽しむかということは想像せず、そのお金がなくなることはいくらでも想像する。

「父のそういう悲観的な人生を思うと、コネがあっても銀行に勤めることだけは嫌でした」。そう言う女性を私は複数知っているが、そういう女性は「編集者」になっている。

自分の作った本がどれだけのお金を産むかは分からない。が、自分の作りたいものを世の中に放り投げ、その評価を問う仕事は「前向きに考える人」にしかできない。

出版社に勤務すると言うと、父親は反対した。人生は一回限りなので「後ろ向きになど生きたくない」と言ったら、父親は自分が悲観的であることなど考えたこともないようなのであった。

「結局、私が編集の仕事を選んだのは、父がそういう性格だったからなのです。反面教師がいたから、この世界に飛び込んだのです」

娘は編集者になって分かったことがある。

「私が扱う印刷されたものには内容があります。父は眼で見たり、手で触ったりできないものを扱っています」

虚業とされる仕事が実業で、実業とされるものが虚業であるのかもしれない。

幻想だった「威厳ある」父親像

『父親――100の生き方』（深谷昌志）

今の社会では「父性」原理が薄く、「母性」原理が過度に強まっていると批判する人がいる。

実際、自分が「子どもから尊敬されている」と思っている父親は、平成十八年の調査によると三六％しかいない。が、「父親を尊敬している」子どもは五割に達する。この、父親の自己評価の低さは何に起因するのだろう。「昔の父親＝威厳に充ちた存在」という図式が余りに強烈に作用しているからではないのだろうか。

果たして、昔はそんなに威厳のある立派な父親ばかりだったのだろうか。子どもの生活を研究してきた心理学者である著者は、「過去の父親像」を調査しようとする。が、それは簡単ではない。大正や昭和における産業別社会調査の報告書はあるが、父親を対象として家族意識を尋ねるような調査はないからである。

気がついたのは「自伝」である。「自伝」における子ども時代の記述から父親像を調査する。著者は全体のバランスを考え、「自伝」を書くような社会的成功者だけではなく、様々な人々の回想録を収集し、明治以降に生まれた百人の父親像を発見する。

子どもとは関わりを持たず職人として黙々と働き続ける父、大酒飲みで待合遊びに明け暮れる父、放《ほう》蕩《とう》息子のために苦労し続ける父、教育パパの父、人生を降りた父、子どもに細やかな心遣いを見せる父、子どもを捨てる父、貧しさゆえに子どもに迷惑をかけたと詫びる父、長男だけを溺愛《できあい》する父、奉公に出した娘に無心し続ける父である。

大岡昇平は父親の暴力に苦しみ、殴られないために「女の子になりたい」と願ったという。これを読めば、「床柱を背に座る男らしい父親」というような父親像は幻想だったことが分かる。

しかし、百人の父たちの百人の子はすべて父親に影響を受けている。幼くして父親を失った子どもが陥る経済的悲惨。中年になって父親を亡くした時、はじめて父親が「人生のつっかい棒」だったと知る子どもの寂寥感《せきりょうかん》。

著者は「これからの父親」に必要なことを二つ挙げている。

「まず、父親は生きなければならない」。そして「暴力を封印すること」である。百の事例の後だけに大きな説得力がある。

最高の老後

同窓会名簿に最初から名前を届けない人がいる。

女子高とか旧制女学校の同窓会というのは、ある種の人にとって一度行けば二度と行きたくないものらしい。

そもそも結婚している人は人生の勝利者なので、「どうして結婚しないの？」という余計な質問を結婚していない人に投げかける。結婚することが絶対善という前提がある。

あとは、夫と子どもの自慢。女性は自分に仕事がない場合、夫の地位と年収、そして子どもの学校と職業で自分の価値を測る。

しかし、人生にはいろいろなことが起こるため、勝利者もそのうち数が減っていく。

高齢になると、同窓会に出てくるのは選ばれた僅《わず》かな勝利者ばかり。年々、同窓会に出られない事情が増えていくのである。いわば自分の中での「予選落ち」である。

例えば、自慢の子どもは「いい学校を出て、いいお給料をもらってくる子ども」。ところが、人生も晩年に近づくと、状況が様変わりする。自慢だった子どもと折り合わずに老人ホームに入った人は、子どもと同居している人からは同情されるらしい。

日本には相変わらず三世代同居が老後の幸福という信念があるらしく、未婚・離婚の女性は明らかに同窓会を避ける。

現在、事情はさらに様変わりしている。子どもは出世すると、老いた親の面倒を見ている余裕がない。海外に赴任しているケースも数多い。子どもの地位や収入より、子どもが親に優しいかどうかが問題になってくる。

結局、皆に一番羨《うらや》ましがられるのは、未婚で日本舞踊の家元などをしていて、元旦には弟子たちがおせち料理を持って大勢集まってくる女性であるらしい。大奥の御台所《みだいどころ》のような権勢を誇る。

夫は最初からおらず、娘以上に献身的な女性のお弟子さんに囲まれるお正月ほど絢爛《けんらん》で明るいものはない。

日本のお母さんたちは、実は自分でおせち料理など作りたくはないのだと思う。

血を分けたのではない子どもたちが手料理を持って来てくれ、お皿を洗って、ゴミを捨てて帰ってくれるのが最高の老後である。

「年を取っても人が喜んで集まって来てくれる家」の作り方として、熱心に芸道に励み徒弟制度に守られて生きるというのはダークホース的存在である。

卒業式の前夜に

大学生の頃、目白にある二階建ての家の一階に部屋を借りて住んでいた。

翌日が大学の卒業式という日、早くに床に就いていたら、深夜にドアがドンドン叩かれた。

高校時代の友だちで、西武池袋線沿いに住むT君が酔っ払って怒鳴っている。

「オーイ、小倉。起きろ！　Sが大阪から遊びに来たんだ。中にいるのは分かっているんだぞ」

起きてパジャマを着替えるのが面倒だったので、私は死んだ振りをしていた。

が、いつまでも怒鳴り声はやまない。

すると、二階に住む大家さんから電話があった。「今、警察に電話したわ。ドアを開けては絶対にダメよ」

やがて本当に警官が来て二人に尋問をし始めた。慌てて私はドアを開けた。

「この人たちは不審な者ではありません」

二人を部屋に入れると、T君がさっさと部屋を片付けてくれた。飼っていた子猫が興奮して部屋を駆け回った。

大阪から来たS君は大学の卒業式を終え、入社式までの間、東京に遊びに来ていて、デパートでスーツを買ったのだ。

「見てくれる？　見てくれる？」

シャツとスーツとネクタイを試着したのはいいが、ネクタイの結び方が分からない。

「デパートの女の人に教えてもらった時、お前がメモを取らないからいけないんだ」と、T君がS君を叱《しか》った。

「そうじゃないだろ。そこで中に通すんじゃないのか」

ああでもないこうでもないと言いながら、三十分以上かけてネクタイは結ばれた。

S君は白い襖《ふすま》の前に立ち、「気をつけ」の姿勢をした。

「どーや？」

どう見ても七五三にしか見えない。

「でもお母さんが見たら喜ぶかもしれない」

するとT君が言った。

「こいつのオフクロはこの間死んだんだよ」

お母さんが癌で長い間入院していたのは聞いていた。S君は三人兄弟の末っ子である。兄二人も一度も病院に行ったことがない。お母さんは衣類は病院の洗濯機で自分で洗い、死んでいったという。

「男の子がいても、母親はつまらないね」

「違うよ。男という生き物がつまらないんだよ」とT君が言った。

始発電車が出るまで三人で話をし、私は眠らないまま卒業式に出た。

S君の就職した証券会社はその後倒産し、連絡先も分からない。

ある作家の死

作家の氷室冴子さんが肺癌のために五十一歳で亡くなった。少女小説に新境地を開いた人である。

その日、私はお芝居を見に劇場に行って携帯の電源を切り、そのままでいた。訃報《ふほう》を知ったのは三日後、学生からである。

「先生、氷室冴子さんが亡くなったんですよ。知ってますか？」

「え？」

「子どもの頃から氷室さんの作品をずっと読んできて、氷室さんが大好きだったので動揺してしまって」

学生の声はまだ少し震えていた。

今から十八年前、私は氷室さんと対談をしている。『なんて素敵《すてき》にジャパネスク』を読んで仰天し、もっとこの人を知りたいと思ったからである。「うちに来てくださいし」と自宅に招待された。

当時三十三歳だった氷室さんは、既にペン一本で豪邸を建てていた。地下はワンフロア全部がお風呂で、サウナのほかに水風呂やジャグジー風呂など浴槽がいくつもあった。

対談では一瀉千里《いっしゃせんり》に喋る氷室さんの聞き役に私は廻《まわ》った。氷室さんは北海道の出身である。北海道にはあった自由が東京にはない。「東京は古くさい」と言う。

作家という最も自由が保証されている職業ですら、仕事関係で自分の意見を言うと、編集者の男性は「世間を知らないからだよ」とそれを否定してくる。そして何かと干渉をしてくる。その抑圧感はすさまじいものだったが、三十歳を過ぎると、その干渉がなくなっていった。それ自体はありがたいのだが、編集者の干渉はもっと若い作家に移っていったのである。

少女小説の世界では小説家自体が編集者の性的興味の対象となり、小説家はそれに反抗するだけで神経を消耗してしまう。

たとえ反抗的でなくとも、性的興味がなくなれば仕事の場を与えられなくなる。そういう「アメと鞭《むち》」の構造と、氷室さんはずっと闘ってきたのだった。

少女小説界を去って大人向けの小説に移行すればという助言に対して、氷室さんは「少女小説というものが小説よりも一段低い位置づけをされているからこそ、私はここで闘います」と宣言した。

あと二十年は仕事をし、老後のために貯蓄をするとも語った。亡くなった後に氷室さんの履歴を見ると、九〇年代後半から作品は書いていない。氷室さんは病死ではなく戦死したのだと思った。

あこがれの職業

最近の中学には「職場体験」という名前の授業がある。中学生が自ら行きたい職場を選び、そこで労働体験をするのである。十五歳までに将来の自分の姿を描き、現実の自分と擦《す》り合わせておくことができる時代なのである。

中学生が希望する職業は地方によって、また学校によっても異なるらしい。が、人間というのはよくしたもので、将来その職業に就く可能性がまったくないものは選ばない。

地方で生徒に一番人気があるのは消防士であるという。

生徒が消防士を希望するのは、人を助ける明るいイメージの仕事だからである。女性も消防士になれるので、「男ばかりの職場」ではない。火災がない時はトレーニングのために集団でランニングをするのも健康的である。

実際に「職場体験」に行ってみると、消防士が一つの目的のためにチームになって協力しあい、素早く、段取りよく行動するところにとても惹かれたという感想が多いらしい。「一体感」と「敏速さ」と「秩序」は、日本人の心性の中に植えつけられたものであろう。

一方、東京では、中学生の男子に人気のあるのは保育士である。子どもたちに「お兄ちゃん」と呼ばれ、体をくっつけあって遊んだり、乳児にスプーンで給食を与えたりしている時、中学生男子のイキイキしている様子には、指導に行った教師も感心するという。自分は子どもたちの役に立っており、子どもの模範になりたいと思う「効力感」は、中学生には一番失われているものである。

消防士と保育士は、ともに「士」の付く専門職である。中学生は利潤追求の人生に入りたくない理想主義者なのであり、人の役に立ちたいのである。それも肉体の活動を通して。過度に抽象化され、孤立させられた世界では、自分自身のリアリティーを仕事として確認したいと思う中学生の気持ちは理解できる。そこには自他の肉体の出会いが確かに存在するからである。

日本の「消防」と「保育」の技術が世界一であることも大きいかもしれない。親の期待する職業ではなく、子どもが直観で選ぶものを「天職」というのだろう。

寂しさのオーラ

人は同類を見抜くという。

同業者は典型的な同類である。今は辞めていても、かつて同じ職業に就いていたことが一目で分かるという場合もある。

戦争中に陸軍中野学校で訓練を受け、中国で諜報《ちょうほう》活動をやっていた男性に聞いた話だが、戦後数十年経っても、同類は同類を見抜くのだという。

その仕事に就いていた時に身についたものが雰囲気の中に滲《にじ》み出ていて、言葉にならない記号をお互いに瞬時に読み取るのである。

「幼稚園ママ」になって保護者同士のつきあいが始まると、結婚前の職業を互いに見抜く中で、一番敏感なのが、以前「風俗」で働いていた人である。

自分が相手を分かるというのは、相手も自分を見抜いていることなので、二人は、子どもが卒園するまで互いに近づかないようにして過ごす。社会の中で「風俗」の仕事がマイナスの烙印《らくいん》を押されているために、仲間同士は暗黙の互恵関係から、昔の話は一切しないし、噂《うわさ》話も口にしない。

世の中にはそれ以外にも互恵関係というものがゴロゴロし、「仲間」であるからこそ、あえて話しかけないということがある。話しかけないが、もちろん常に気にかけている。マイナスの烙印はない立場でも、自分と共通項を感じた相手に対し、親愛の情を封印している関係の中に「男の子しか持たない母親」同士がいる。

男児二人を持つ母親に聞いた話だが、同類は「寂しさのオーラ」を出していて、同じオーラでいつともなく惹きあうのである。

話をしてみて、「女の子がいない」と知ると、「ああ、やっぱり」と思い、「男の子しかいない母親であることの寂しさとつまらなさ」を嘆きあうことができる。

自分たちには「女の子の母親」の持つ生活の華やぎがない。一緒に買い物に行けないとか可愛い色の洗濯物を干せないとかいう現在のつまらなさよりも、息子が結婚して「嫁のもの」になることを覚悟する厳しさの方がよほど大きく、将来に対して夢と安心を持てないのである。

「女の子の母親」には、勝ち誇った態度をとっている意識はないのだろう。が、「男の子の母親」は、それを敏感に感じ取り、「報われることのない子育て」と感じている。

「家の中で自分以外はみな男」という孤独も同類にしか理解されないやりきれなさであるらしい。

猫のように生きる

漫画家大島弓子さんの『グーグーだって猫である』は六巻まで出版された。一巻から六巻まで長い年月をかけて描き続けられたのは、ひとえに編集者に強く催促されたお蔭《かげ》であると大島さんは記している。

大島さんが、野良猫が雨風をしのげるように猫ハウスを庭に作ると、知らない猫がそこで死んでいた。猫のためにベランダに餌《えさ》を置くと、妊娠中の野良猫は胎児のために餌が必要で、自分が前に産んだ仔《こ》猫すら威嚇《いかく》して追い払うのも大島さんは観察した。

大島さんはそれらを漫画に描くことに時間がかかった。つまりは内心の抵抗があったのは、生と性と死の本能で生きる猫の真実を知るだけで自分の心が満たされ、わざわざ表現したいとは思わなかったためである。人は猫のように生きなければならない。

前回、私が男の子を持った母親が醸し出す「寂しさのオーラ」について書いたことに対し、何通かのご意見を頂戴《ちょうだい》した。

「男の子を育てているが子育てを満喫している。女同士の世界にはない、さっぱりした男の子の心を知らないその母親はとてもかわいそうで哀れです」

「男の子と一緒に買い物に行けない状況を作ったのは、母親自身以外の誰でもない」

「男の子の母親は、結婚して可愛らしい女の子の親にもなり、図らずも二重の楽しみも味わえることもあるのです」

「家の中で自分以外みな男というのは孤独ではなく、心細さがないということなのです」

要するに、男の子の母親であることに「サッパリした喜び」や「心強さ」を実感し、将来にも楽しみを期待し、「男の子を育てることのつまらなさ」など感じないという意見である。それが「多数派の意見」なのであろう。

「寂しさのオーラを自分は感じている」と私に語った母親はもちろん「少数派」である。その意見が「やはり男の子の母親はいい」とする「多数派の意見」によってかき消されてしまうからこそ、言ってはならない感情を共有する同類に敏感になるのである。

男の子を育てることを「つまらないと感じる」人がいるのは事実である。それが「自己責任である」とは、私は思わない。

「自分はひそかに不幸である」と思うのは猫ではなく、人間だからである。だからこそ私も猫のように生きなければならないと思っている。

真ん中の引き出し

猫を飼って困ることの一つに、家を何日か留守にするときに猫をどうするかという問題がある。猫ホテルに預けると、人間のホテルよりも料金が高いことがある。飼い主に代わって何日間か猫の面倒を見てくれる人を確保しておくというのは、猫を飼う上でとても重要なことである（犬でもそうかもしれないが）。

もちろん猫が好きな人でなければならない。

「変なことが起こった」と、友だちから電話がかかってきたことがある。人に頼まれて、生後数カ月の仔猫を自宅に預かったのはいいが、握りこぶしほどのサイズの仔猫が預かったその日にいなくなったというのである。

「家の中を隅から隅まで探したのに、どこにもいない。どうしよう」

ベランダのサッシを開けていないし、玄関のドアを開けた記憶もないという。出口はベランダと玄関しかない。

それで、走って友だちの家に行った。

「最後に見たのは、この机の上」。積んである本の上で仔猫は遊んでいた。五分後に見たら消えていたという。

それから必死に家の中を探し回った。机の裏や押し入れの中はもちろん、お風呂や冷蔵庫の中とあらゆる場所を二時間近く捜索したが、どこにも見つからない。

預けた人にどうやって謝ればいいのかということより、仔猫が消えたということが不思議でたまらない。

「この世に神隠しがないのなら家の中には必ずいるはずだから、よく考えようよ」

黙って座り込んでいるとカサカサという音がした。最後に遊んでいた机の方からである。

机の下も裏も引き出しの中も既に確認している。が、真ん中の引き出しを開けてみると、ＣＤの詰まった奥で仔猫が見あげていた。

「いた〜」

引き出しを抜くと、奥の板と上の板との間に二センチの隙間があった。そんな幅でも仔猫は入れるのだ。

拾われた猫なので、安全な場所を探して、暗くて狭い所に入りたかったのだろう。

その仔猫がこの十月で三歳になるという。その猫は、以来お騒がせなことは全然しない。猫がすぐに大きくなるのはとても残念なことだ。

あとがき

四十歳手前から六十歳になるまでの二十年余り、身近な人や学生をネタやダシにして、私は何枚もエッセイの原稿を書いてきた。

「そのネタを四十円で買っていい？」

「タダであげます」

人々の気前の良さのおかげで生活してきたのだが、私の身近な人々とは学生と同業者と仕事の関係者のことである。同業者とは教師と研究者とライター、仕事の関係者とは新聞記者と編集者を指す。

要するに、普通のサラリーマンや子育てに追われている主婦の人や子育ての上に仕事までしていて自分の時間がない人とは接点がなかったのである。

考えてみれば、ライターと編集者は世間でいうジャーナリストである。ある本で、「ジャーナリストには常識がない」と読んだ時に私は愕然《がくぜん》とした。勿論《もちろん》、悪い意味で書いてあったからである。

ジャーナリストに常識があると思っていたわけではない。が、子どもの頃から活字中毒で大人になって字を書く仕事をしているような人には良識はあると思っていたのであろう。話をしていて世の中で一番面白いのは編集者である。

しかし、良識と常識とは何の関係もないのである。

だが、記者や編集者は一応は会社の人である。たとえ昼ごろに出勤していても、常識がないと組織では生きられまい。

となると、教師と研究者はどうなるのだろうか。学校は利潤追求のための組織ではないため、常識を叩きこまれる徒弟時代がない。

「醤油《しょうゆ》と薔薇《ばら》の日々」という原稿を『ちくま』で書いていた頃、私は教師だった。私は教師という仕事が好きだったが、それは職場の自由度が高かったからである。

キッコーマン丸大豆醤油のCMをTVで見て感情がザワザワしたからといってすぐにそれをネタに原稿を書くという日々が一体自由でなくてなんであろうか。一九九二年のことである。

少子化の隠れた原因として九〇年代の安田成美のCM、そして二〇〇〇年代における檀れいの「金麦」のCMがあるということが考え過ぎであるとは思わない。この二つのCMには共通点があり過ぎる。

「親とか見てると、子育てしながら仕事って難しいかも……」という女子学生が増えてきている。

女性はある意味男性以上に個人としての達成と自己実現に駆り立てられている。学校でも会社でも「競争」させられるのだから、そこから降りたいと思う女性が出てくるのは当然である。

昔のように「手鍋《てなべ》さげても」という結婚や、「親が決めた相手だから渋々」という結婚もない。すべては自己の能力で決まるのである。

「結婚したら仕事を辞めて優雅な専業主婦になりたい。もっと楽に生きたい」と考える女性が増加することによって結婚の条件は高騰《こうとう》する。一日家にいて家と自分を薔薇にすることが許されるような結婚は倍率が高すぎるのである。

それに自分を薔薇化するといっても、醬油的世界から免除されるわけではない。

経済力のある男性側の結婚の条件も高騰しているのだから、マッチングはなかなかうまくゆかない。

理想の主婦は、四十歳を過ぎてもフレアースカートを履《は》いて、拗《す》ねたり怒ったりふくれたりしなければならない。「理想の主婦はこういうもの」と、夫の視線で教えられると、主婦になっても自分との闘いは続くのかと暗澹《あんたん》たる思いになる女性も多かろう。

主婦が一人でいる家庭の中に「常識」と「競争」が侵入するのだから、結婚は会社以上の会社である。良識はあっても常識のない人には住む場所がない。「仕事か結婚か」という二者択一の時代はよかった。結婚は今や『『仕事』か『仕事と仕事』か」を選ぶものなのである。

自由度の高い生活を維持するのはよほど難しいことである。オタク的趣味を持ちながら、資格を取って定年まで結婚せずに働く道を選ぶ女子学生が増えているのも理解できる。

この度、私の原稿を集め、出版の労をとって下さった首藤知哉さんには二十年以上もお世話になっている。さまざまなことを話し合って常に刺激を受けてきた。記して感謝申し上げたい。

二〇一三年五月

小倉千加子

初出一覧

I
醬油と薔薇の日々／『ちくま』一九九三年四月号
奇妙な服装をした女たち／同一九九三年十二月号
シックという名の不誠実／同一九九三年十月号
カリスマ店長の秘訣／同一九九四年二月号
美人の条件／同一九九三年十一月号
森瑤子のクリスマス／同一九九四年一月号
長男の下着、次男の下着／同一九九四年九月号

II
『東京新聞』二〇〇五年十一月六日〜二〇〇八年九月二十八日
書評／『中央公論』二〇〇八年五月号〜十二月号（九月号を除く）

小倉千加子（おぐら・ちかこ）
一九五二年、大阪生まれ。早稲田大学大学院文学研究科心理学専攻博士課程修了。大阪成蹊女子短期大学、愛知淑徳大学文化創造学部教授をへて、執筆・講演活動に入る。本業のジェンダー・セクシュアリティ論からテレビドラマ、日本の晩婚化・少子化現象まで、幅広く分析を続けている。
主な著書に『シュレーディンガーの猫――パラドックスを生きる』（いそっぷ社）、『結婚の才能』（朝日新聞出版）、『増補版・松田聖子論』『結婚の条件』（朝日文庫）、『セックス神話解体新書』（ちくま文庫）など。

醬油《しょうゆ》と薔薇《バラ》の日々

二〇一三年六月三十日　第一刷発行

著　者　小倉千加子
発行者　首藤知哉
発行所　株式会社いそっぷ社
〒一四六―〇〇八五
東京都大田区久が原五―五―九
電話　〇三（三七五四）八二一九
印刷・製本　シナノ印刷株式会社

ISBN978-4-900963-59-7　C0095
定価はカバーに表示してあります。